ラストシーンの後

庄たろう

文芸社

ラストシーンの後——目次

詩

■想像力

いっぱいわがまま言って
君を困らせたい
さんざん自分勝手して
君を怒らせたい
自由と気ままをはき違えて

君に「嫌い」と言われたい

なんて
ほんとは二人
まだ何もない
俺は
まだ君から見て
〝裏切らないいいい人〟程度
もっとランクを上げたいけど
きれいな器から
はみ出すことを恐れて
ほんとはこんな

いい奴じゃない
もっと汚くていい加減
さわやかでもないし
物分かりもよくない

少しだけ　こっち向いた君
俺は
もう少し嘘をつく

いつか

化けの皮が剥がれても
君は優しいままで
いてくれる？
俺に
楽に息つかせてくれる？

なんて
聞いてみたい
ヘラヘラ笑う
俺の頭ん中

伝聞

俺が言ったこと
誰にどんな風に聞いたか
知らないけど
君が気を悪くするようには
一言も言ってない
俺はただ
君のこと　好きなだけ

だから　そんな
恐い顔するなよ
君が怒るようなこと
俺が言うわけない
好かれたいと思ってる人に
マイナスなこと　何で　俺が
この誤解を解くには
君の元へ　俺の言葉を
届けるには
また誰かに伝えてもらうしか

ないのかな　もっと
ダイレクトに
君に聞かせたい
脈打つ　この気持ちを
だけど　今はまだ
君と俺を繋ぐ線がないから
伝え聞いてもらうだけ
真っ直ぐに届きますようにと
祈りながら

あるべき姿

君のこと
美化し過ぎてたみたい
あらゆる情報で
勝手に作り上げた君のイメージ
崩れてく
君自身の言葉で
あぁ　どうして

そんなこと言ったんだよ？
少し見る目変わる
だけど
考えてみれば
それが君の
あるべき姿
当たり前の
健全な人間なら
当然のこと
こっちの責任

可愛いらしいイメージ
一方的に想像して
それで君に
あんなこと言われて
裏切られたと思うなんて
身勝手な思い込み
本当の君を垣間見てから
そっちの方がらしくていい、とか
思ったりして
余計に

君を
好きになったりして
ちょこっと
悔しいけれど

雨の日

昔っから嫌いだった
約束さえも反故にする程
なのに　今
君と二人で
ぼんやり過ごす部屋の中
音楽さえ流さずに
そのリズムを聴いている

時折
よその部屋の
電話の鳴る音や喋る声
近くの小学校の校内放送
バイクの過ぎ去る音などが
普段の俺なら
壁の薄さや騒音だとかを
嘆くところだけど
今は
雨の音が全てを

くぐもった響かない音に変える
この部屋の
君の気配以外は

心の中で

何度も何度も読み返す手紙の束
好きな人がどんどんいなくなっていく感じ
自分の優しさが嘘八百だと気付かされ
一人になりたいと思う
本当に一人になったら
震えるくせに
そして

何度も手紙を読んで
受け取る人のいない手紙を書いて
セルフセラピーに励む
明日の為に
心の中で一生懸命

■ 恋をした

近付きたいと
ほんと　笑えるぐらい
きつく思っているのに
君の知らない遠くで
見ているだけ
時々　そばにいる誰かに
目を逸らして

君の恋人になりたい
ほんとのこと言えば
だけど
高望みは叶わないから
友達にしておく
いつか
どうにかなるかも知れないし
君にちょっかい出す奴らを
気にしないふりするのも疲れたし
少しも進展出来ないけど

もう見ない方が楽なのに
俺　また　見てしまう
目を離せなくなって
つぶるしかないけど
そしたら
瞼の裏で　再会
辛いな

■ラストシーンの後

恋をした。まさか、この年で、恋をするなんて思ってなかった。〝かけひき〟とか〝ベッドを共にする〟とかいう、いわゆる大人の恋愛じゃない。触れるのも、手を繋ぐのも怖い、だけど近くにいたい、そんな〝恋〟。

相手は仕事仲間の女性だった。俺の仕事は役者で、主役を張れるほどの大物では、まだなかったが、CMやテレビのドラマなんかにも出ていたから、名前を言えば〝あぁ、あの……〟と思ってくれる人もいるだろう。有名な賞を受けた映画に出たこともあるし、その監督との仕事も何回かしたので、マニアックなファンもいるかなと自負してはいるが、彼女と出会ったその頃は、Vシネマ（ビデオ用映画のことだな）が主な仕事場だった。彼女はそのVシネマの脚本を書いていた。普通、映画の脚本はプロデューサーやディレクターと何度も話し合い、書き直し、脱稿して完成したものを使うのだが、ビデオの場合、予算や時間の関係で随所随所で変更を余儀なくされることがある。その度毎に脚本も変えられるので、脚本家も撮影に参加し続けていることが多い。彼女もそうだった。俺の役は、主人公の男の昔の女の今の亭主で、物凄く深い愛情を持っているのだが、一度《ひとたび》嫉妬心に火が点くと手の付けられぬほど暴力的になる……という役柄だった。テレビドラマではないので、その辺、割と自由にやっていて、彼女の脚本は確かに視覚的にむごいシーンもあったけど、その裏に同じ強さで存在する愛情や優しさがあり、だからこそ暴力への爆発がよく分かる、と内輪での評判はまずまず良かった。

「こちら今回のシナリオを担当される……」

と彼女を紹介された俺は、〝初めまして、じゃねぇな〟と思った。前にテレビドラマで共演した本業ミュージシャンの男の女房だった。そいつはすごくイイ奴で、今時の若いもんにしちゃ、豪快で律義な好青年て感じの男だったので、ドラマの収録が終わった後も酒飲んだりして付き合いは続いていて、ある日「俺、結婚するんですよ」と言われた時、彼の隣りにいたのが彼女だった。彼が関西で持っていたラジオ番組のリスナーで彼のファンでもあり、彼に〝これを聴け！〟MDを送ったのがきっかけで、友達になったらしい。その後、忙しい彼が（ま、彼女に言わせると面倒臭がりでだらしない、となるんだけど）仕事の合い間を縫って電話で話し続け、「運命を感じ」て結婚することになった。「身内の簡単なもんですけど良かったら来て下さい」と誘われたが結局仕事で行けなかった。

それからしばらく彼とはリンクすることがなく、年二回、年賀状と暑中見舞で近況を報告し合う仲が続き、そのVシネマの仕事で彼女が脚本家になったことを知った。初めは、裏方と表って感じで、監督やらと脚本のことで話し合ってる（というか揉めてる）姿を見ているだけだったが、そのうち、台詞変更とかで主要登場人物の俺らと話すようになった。「ここ、セリフカットになりましたから」とか「ここで走りながらこのセリフ続けて下さい」とか。昼飯とかも一緒に食うようになって、〝だんな元気？〟的な会話からだんだん映画の話なんか濃いくするようになり、俺と彼女は気が合うことが分かって来た。

「ねぇ、ちょっと聞いて下さいよ」

撮影も後半に差しかかる頃には、彼女との会話はいつもこのセンテンスで始まった。その日も、本日の撮影の、最終シーン前の休憩で彼女はそう言って続けた。

「シーン二十三、全部カットされるんです」

黙って主人公の男をかくまった女房に亭主が嫉妬して、部屋をめちゃくちゃにするというシーンだった。俺の一つの見せ場だったし、楽しみにしていたシーンでもあったので、俺と彼女の意気は投合しっ放しだった。

「全く、だったらアンタがシナリオ書けばって言いたくなる」

既に二十回以上、手直しさせられて、さすがに駆け出しライターも頭にキていたらしい。

「シナリオっていうのは言うなれば私の世界なんですよ、現実にはどこにもなくて、私の頭の中にだけ存在してる世界がね、紙と鉛筆っていうか、まぁワープロとかパソコンとか、そういう媒体使って現存するようになるわけじゃないですか、それって私の世界なんですよ、舞台の芝居だと、架空なんだけど、見てる人の目の前で同じ時間が流れるわけだから、世界の共有があると思うし一回限りなところあると思うけど、映画とかドラマって違うでしょ、ある種、作り手の押し付けが強いっていうか」

彼女の言うことは俺には頷けた。脚本家が寸分違《たが》わぬように作り上げた虚構の世界に、他人が「ここは要らない」とか「ここ泣かせましょう」とか言って来るわけだ。何でこのシーンが不要になるのか、何故ここで泣かせなきゃならないのか、世界が狂って来て、もう自分の世界＝シナリオじゃなくなって来る。けど、駆け出しだし、仕事続けたいから、大きなことはなかなか言えない。そのジレンマを彼女は俺にぶつけて来ていた。

俺は、映画が大好きで、見るのも、役者として参加するのも楽しかったし、シナリオを書き上げるなんて出来なかったから、脚本家ってものを尊敬していた。内容が面白ければ尚更だ。つまり、彼女には一目置いていた。

「あんなに脚本をないがしろにする監督がのして行けんのかな」

深夜に及ぶ撮影と書き直しで苛付いていた彼女は、俺にそう言った。

「どうなのかねェ」

彼女は答えず仏頂面をしていた。俺はそれを明るく変えたくて、映画のちょっといい話をしてみた。

「フェデリコ・フェリーニ監督がさ、世界文化賞って知ってる?」

「はい、うちの新聞、よくその受賞者のインタヴューとか載りますから」

俺と彼女の家の新聞は偶然にも一緒でネタが合った。

「その授賞式に一回だけ来日したんだよな」

「らしいですね」

「記者会見でさ、映画を見るってのは映画館って大っきなベッドに見に来た人全員で入って一緒に夢を見るようなもんだ、ってようなこと言ったんだって、新聞に書いてあった」

「それ知らなかった、でも、いいですよね」

「だろ?」

「分かりますよね、自分の見た空想世界、つまり夢を、映像にすることによって、たくさんの人と一緒に夢見られますもんね、すごく素敵」

彼女の表情は明るくなった。〝成功したな〟と思うと同時に、思った。

〝だんなにも、こんな表情すんのかな……?〟

このVシネマの仕事中、だんなは二度目の全国ツアー中だと言う。

「ま、でも監督監督って言うけど、結局シナリオが面白くなけりゃ見ねぇけどな」

「そのシナリオをいじってんのよ、あの人は」

また彼女の鼻息は、荒くなってしまった。

「まぁ、落ち着けよ」

俺は煙草に火を点けて続けた。

「ところで、だんな元気？」

「…今、ツアー中、今日は福岡じゃないかな」

彼女は愚痴を遮られたことに少しムッとしたみたいだったが俺は構わなかった。

「すれ違い夫婦だな」

「でもないですよ、ツアーの中日《なかび》とか、トンボ返りして来ますから」

「そーゆー時ってアレ？　あの、ギューーッと愛し合っちゃうわけ、濃いーく」

「何尋《き》いてんですか、全く」

「だって、恋人みたいなもんだろ、まだ、子供だっていないしさ」

「うーん……」

彼女は缶コーヒーの缶を両掌で転がした。

「結婚したことありましたっけ？」

「俺？」

「他に誰が？」

彼女は眉間に小さく皺を寄せた。

「ねぇよ」

「子供は？」

「いるわけねぇだろ」

「そうなんだ」

「あのね、お前、俺をどーいう風に見てるわけ」

「見たままに」

「俺は身辺きれいよ」

彼女は笑った。

「でも遊ぶんでしょ？」

「う……そりゃまぁ、男だからな」

「聞いたことありますよ、クラブのお姉ちゃん全員ついて来たって」

「いつの話よ」

「逸話ですよ」

確かに、そんな派手な遊び方もした。でもずっと前のことで、今は、高校ん時の悪仲間で、座付き作家になってるガンちゃんこと岩倉と飲むことが多かった。

「昔のことだよ」

「誰かと一緒にいたいと思ったことなかったの？」

「え？」

彼女は俺を見た。

「結婚して、俺の子供生んでくれー、とか」

彼女に見られたまま、そんなこと言われて、俺は何だかドギマギした。

「へ、んなこと思わねぇよ、何言ってんだ」

「そうなんだ」

彼女は俯いた。そして黙った。俺は何故か焦って、煙草をモクモク吹かした。

「ちょっとだけ、相談…いいかな？」

少し真面目に彼女が切り出した。

「な、何？」

「あのね……」

彼女は少し言い淀んで、少し小さな声になって、続けた。

「私、子供欲しくないの」

「……うん」

「子供、実を言うと嫌いなの、それも大嫌い」

「うん」

「私みたいな子供だったら尚更欲しくないし、彼も、子供の時、ちょっとヤンキーで、ケンカばっかしされても、ちょっとね……」

「育てる自信ないんだ」

「うん……だけど、彼、子供大好きで、すごく……可愛がるの、いいお父さんになりそうなの……」

「でもヤならいいじゃん、生まなくても」

「……子供欲しいなー、って」

「言われたの？」

彼女は頷いた。

「そりゃ、トンボ返りもするってもんだな」

「でも私、欲しくないの」

「なら言やいいじゃないの」

「言えないから相談してるんです」

「あ……」

しまった、と思った。折角、タメ口きいてくれ始めたのに、また〝ですます調〟に戻してしまった。

「ずーっと、子供作らずにいたら、何か彼、離れて行きそうで……」

「まさか、大丈夫だろ」

「何でそんな風に言えるんです？」

「いや、アイツに限ってそんな」

「私、三十一で、彼、二十七なんです」

「俺は四十一」

「きいてない」

「ごめん……そっか、年下なんだ」

「あんまり年いってから生むのツラいですし、けど私、子供嫌いだし……」

「うん……けどホラ、よく言うじゃん、自分の子は可愛いって」

「それって一瞬でしょ？　私も姪は、遊びに来ると可愛いけど、たまにだからだし、責任ないから甘やかしたり好きに出来るけど、親ともなれば一人立ちさせてやれなきゃダメでしょ」

「そんな深いこと考えて親になんのかねぇ」

「他の人は多分そんなこと考えてないと思うけど、私、適当に親になるなんて嫌なんです、うちの親みたいになんのヤだから」

「どういう親なの？」

もっと深く知ろうとツッコんだ所で、カメ・リハ行きまーす、と声が飛んだ。彼女は監督に呼ばれて、行ってしまった。シーンは、俺が自営のクリーニング屋の奥でアイロンかけてる所に、昔の男から〝助けてくれ〟みたいな電話が入る…ってもので、アイロンのスチームで俺の内憤を表現するのだけど、何せ、初の業務アイロン使いで、スチームの加減が分かんない。借りてるクリーニング屋さんの指導のもと、リハーサルを数回。思いの外、時間を取って、本番をようやく撮り終えた。メシだぁ、と若いスタッフの声が聞こえた。

「メシ、どうする？」

俺は彼女に尋いた。

「あー、ちょっと私……」

彼女は携帯電話を見せて、向こうを向いた。

「はい？」

だんな、か。俺はちょっと気落ちした。

「明日？…うん…うん…あ、じゃあさ、ちょっと待って」

彼女が振り向いた。

「明日、うち来て下さいよ」

「え」

「彼も久しぶりに会いたいって」

「そんな、悪いよ」

「気にしないで下さい、ねぇ？……彼も〝うん〟って言ってる」

「……じゃあ」

「〝行く〟って…うん…うん…うん…」

あとはラブラブトークでもしてんだろ、小さな声になってよく聞き取れなくなった。俺はそのまま現場を離れて、マネージャーとメシに行った。と言っても、ラーメン食って、ちょっと飲む…ってパターンだ。〝ちょっと飲む〟って時、俺はガンちゃんを呼び出した。ガンちゃんは、昔も今も俺と近所に住んでいるので、ちょちょっと出て来てくれる。ガンちゃんも独身だし。と言っても、俺と違って、バツイチだった。ある朝、起きたら女房がいなかった。そのまま、今に至る。ガンちゃんと入れ替わりにマネージャーが帰って行った。

「もう全部終わったの、撮り」

ガンちゃんは、俺の隣りにすべり込みながら、そう尋いた。

「いやまだ、あと五分の一ほど残ってる」

「どうよ、ホンは?」

「いいよ」

「共演のコ、どう?」

「真面目だね」

「共演者とどうにかなったりしねぇの？」

「まず、ねぇな」

「つまんねぇな」

「だな」

　俺らは〝源さん〟という居酒屋にいた。客は、店のはねたお姉さんやお兄さんがた、と俺らみたいな何者なヤツらだった。源さんと呼ばれる店の親父さんは、ちょっと沖縄風の顔をしていて、いつもニコニコしていた。が、俺とガンちゃんは知っている。俺らがまだ二十五かそこらの、まだ遊びたい年頃だった頃、源さんはこの店の近くで屋台を引っ張っていた。人柄と味で、屋台は繁昌していて、俺らもよく食いに行っていた。ある日、客同士のケンカが始まった。目と鼻の先に交番があって、彼らが来ると後々面倒なことになるってことは、みんな分かっていた。ケンカの当事者達以外は。四十代《しじゅうだい》のサラリーマンと二十《はた》歳《ち》ぐらいの大学生だった。源さんはニコニコしながら、一人で、揉み合う二人をバリッと引き離し、優しい声で、社員バッジとクラブバッグみりゃ身元なんかすぐ割れるんだよ、そっちに知らせようか、と言った。源さんの表情は、相変わらず穏やかだったが、二人とも警察に通報されるより、身分を失うことの方が怖くて、そのましゅんとして帰って行った。源さんは帰り際、しっかり食い代《しろ》を徴収していて、何事もなかったかのようにニコやかに仕事を続けていた。俺とガンちゃんは、何か、その源さんのにこやかなしたたかさに底知れぬ怖さを感じた。俺はその怖さを、彼女の夫であるミュージシャンにも感じていた。関西弁で、いつもニコニコしていて、気が良くて、明るくて、けど、キレたら怖そうだった。年は俺よりうんと下だったが、丈夫な堪忍袋の緒をキラせたら、俺の五人や十人ぶちのめしそうに思えた。それが彼女への気持ちをはっきりさせない、ひとつのブレーキになってたことは確かだ。だんなが怖いから女房に手を出せない。情けなく言えば、そういうことだった。

「なぁ、明日、時間ある?　このぐらいの時間でもいいんだけど」

ガンちゃんが言った。

「何よ」

「Vシネマ終わったらさ、芝居やってみない?」

「芝居はやってるよ」

「じゃなくて舞台」

「舞台？」

「英語で言うと生ライヴだな」

「何で生が英語なの」

「小せぇことこだわんなよ」

「内容は？」

「だから明日、みんなと顔合わせ兼ねて来てもらおうかとさ」

「明日かー、ちょっと先約あるんだよなー」

「仕事絡み？」

「とも言えるけどな」

「何だ何だ？　やっぱし主演のコと……」

「違うよ、脚本家夫婦と晩飯食うんだよ」

「ふーん……女房美人か？」

「バーカ、本人が脚本だよ」

「何それ、不倫？」

「何勘ぐってんだ、ガンちゃん酔ったのか？」

ガンちゃんは少し口をつぐんだ。

「ガンちゃん？」

「今日さ……」

ガンちゃんは源さんに、冷やもう一杯、と追加注文してから続けた。

「今日、電話あったんだよ、カミさんから…っていうか元・カミさん」

「え……」

「ていうか、厳密に言えば戸籍上はまだ俺の女房なんだけどさ……何と再婚したいから離婚してくれって」

「え……」

何て言えばいいのか分からず、俺は黙ってガンちゃんを見ていた。源さんが、あいよ、と冷やを俺らの間に置いた。ガンちゃんは、片手で拝むポーズをとって、それを口にした。

「で、どうする、明日」

「え、何」

「来る？　劇団」

「ちょっと、違うだろ、今ガンちゃんのことだろ」

「……こっちはもう決まってんのよ、どんなにもがいてもさ」

「いいのかよ、それで」

ガンちゃんは、ぐいっと冷やを空けて言った。

「悪くても、結局別れて、カミさんは再婚すんだよ」

「だけどさ……」

「この世の中で唯一割り切れないのは男女の仲だね、うまくてもマズくても」

それは俺にも頷けた。愛しててもダメなこともあるし、フツーでも続いてくこともある。

「これホラ」

とガンちゃんはポケットから薄い紙を出して広げた。

「離婚届、見たことある?」

「あ、本物はねぇけど」

「あれ、テレビドラマのってモノホンじゃねぇの?」

「いや、分かんねぇけど」

「ほんとにペラペラッとしたもんなんだよな……ここ見て」

ガンちゃんは用紙の一箇所を指した。ガンちゃんの名前とハンコが押してあった。

「こっちはさ、カミさんの名前書くんだけど、何か変だよな、俺の苗字名乗ってんだからな、旧姓書いた方が別れんだなって強い感じ出ると思うんだけど」

「あぁ……そうだな」

俺は、そこに、彼女とだんなのミュージシャンの名前を空で書いてみた。こんなもんの為にこんな苦しんでんのか。

「…なぁ？　婚姻届もこんなペラッとしたもんなの？」

「そうそう…って、だったかな？　忘れちまったな……何、アテでもあんの？」

「ねぇけど」

「んー？　あやしいなぁ」

「何もないよ、ただの好奇心」

ガンちゃんは少し絡んで、何かツラツラ喋ったが、ごめん、俺は別のこと考えてた。俺と彼女が結婚して、一緒にベランダで花とか植えてるとこを想ってみた。天気のいい休みに、二人で散歩がてら買いもんに行くとことか。楽しそう、というより、自然なことに思えた。何の気負いもなく、そこには子供はいなくて、俺ら二人だけ。今より少し年を取っていて、二人ともオジチャンオバチャンになっててさ。正月には実家に行って、兄貴んとこのバカ息子どもにお年玉なんかやって、夏はベランダで遠くの花火大会を、ビール片手に見たりして……。

「おい」

ガンちゃんが俺のあごを掴んだ。

「聞いてねぇだろ?」

「いや、聞いてるよ」

「嘘こけ、どっか飛んでた、目が虚ろだった」

「何よ、もう一回言ってみてよ」

「ったくよォ、だから明日、劇団にカミさんがコレ、取りに来んの、だから、お前について来て欲しかったの!」

「何でよ」

「だって心細いじゃねぇか、劇団でちっとは偉そうにしてんのに、カミさんの前で泣きわめいたり、くだまいたりしたら、カッコワリィし、野暮だしさ」

「俺はいいのかよ?」

「お前はさぁ、カミさんより俺と長いし、けど兄弟じゃねぇし、友達っていうのとも違うし、とにかく見ててくれたらいいんだよ」

「何時よ」

「来てくれる？」

ガンちゃんは嬉しそうに尋いた。弱いんだよなぁ、そーいうの。

「夕方六時ぐらい、カミさん仕事終わってからだって」

「難しいなぁ」

「頼むよ」

「カミさん働いてんの？」

ガンちゃんは頷いた。

「じゃあさ、出勤前ってのどう？　朝八時半とか」

「朝？　ムリだよ」

「誰が？」

「……俺」

「あのなぁ、ガンちゃん、これはガンちゃんの問題だよ？」

「分かってる」

「もっと言えばカミさん側の都合じゃん、だったら向こうの一番忙しい時間割いてもらいてぇじゃねぇか？　何で向こうのいい時間帯に合わせなきゃならんわけよ？」

「うん、そりゃそうだ」

「コレだってホントはカミさんが持って来るべきもんだろ」

俺は離婚届をドンと掌で叩いた。

「…だよ…だよな！」

ガンちゃんは何だか元気になって、大きく頷いた。

「そうだよな、何で俺がこんなもん取りに行ってんだよってんだよな！」

「そうだよ」

「うん、こんなもん、こうしてくれる」

ガンちゃんは用紙を二つに裂いた。

「ガンちゃん」

ガンちゃんは紙を次々に倍割して行った。店散らかすなよー、と源さんがカウンターの端から俺達に言った。俺は頷いて、ガンちゃんを見守った。これ以上、重ねて裂けないってとこまで裂いて、ガンちゃんは、やっぱり吹雪みたいに撒き散らしやがった。俺はアイコンタクトで源さんに〝すいません〟と送った。源さんも、目で、ほうきの位置を教えてよこした。俺は、ガンちゃんのノリをへこまさぬように、そろっと紙くずになったそれを、ちりとりにまとめた。

「何かスキッとしたなぁ！　やっぱ、お前がいて良かったよ、ありがとう！」

「何改まってんだよ」

「いやー、実にスッキリした！　飲も！」

「俺、明日も撮影あるんだよ？」

「いいからいいから！」

「あのなガンちゃん」

「源さんも一杯付き合ってよ！　あ、良かったら、お姉さん、お兄さんがたも！」

店の全員がガンちゃんのおごりの冷や酒のコップを持って乾杯とあいなった。知らぬ同士だったが、みんな楽しそうな顔に見えた。ま、いいか。明日、どんな風に彼女のだんなに会おう、なんて計算はやめよう。俺は俺でしかなく、他の誰にもなり得ず、他の誰も俺にはなり得ず、だ。

そうして、〝源さん〟での楽しい夜は過ぎて行ったのだった。

楽しい夜の次の朝、っていうのはたいてい昼で、その日も御多分にもれなかった。目覚めた俺は、マネージャーの声に気付き(つまり、ヤツの悲愴な声で起きたんだな)、次いで、ここがガンちゃんのマンションだと気付いた。朝の八時半に離婚届に判押して持って来い、と、するはずだった電話は、昨夜の盛り上がりで忘れ去られ、結局ガンちゃんは夕方六時に、自分で役所から届を持って来て、サインして判押してカミさんに渡してやることになった。俺は、シャワーも浴びず、撮影スタジオに直行した。マネージャーは、ゆうべ岩倉さんが来た時からヤな予感はしてたんですよ、と言って、ハンドルを切った。元・暴走族で車専門の走り屋だったので、狭いとこもカーブも殆どスピード変えずに行くので、俺は少しヒヤヒヤしていた。鈍ったドタマもキレるってもんだよ。二十歳《はたち》んなって、ホリプロとか、オスカープロモーションとか、女のアイドルかきれいなコのいるとこで運転手でも、って思ったらしいけど、あーいうおっきいとこは〝とりあえず大卒〟なそうで、結果、ちょっとバッタくせぇうちの事務所で拾われやがった。確かに、ちょっと物知らずなとこあったりするがその程度で、礼儀正しいし、最近じゃ待ち時間に俺の営業もしてくれるし、それでも余った時間には文庫本なんか読んでボキャ(ブラリー)増やしてんだと。それに何より、こいつは俺の為に腕張れるんだ。酔ったオッサンに絡まれると、ケンカっぱやい俺より速くサッと俺の前に立ってくれる。オッサンの〝酔拳〟(?)を全てかわして、決して暴力を振るわず、俺を守ってくれる。ガンちゃんと一緒の時だけ、昨日みたいにスッと帰る。こーいうヤツこそ、頭キレるっていうんじゃないの? 見てくれとは似合わねぇけど、ドラゴン・アッシュのファンだというので、俺はドラゴンとヤツを呼んでる。いい女に出会えよ。

申し訳ありません、と大声で謝りながらドラゴンは、俺をスタジオ奥へ差し向かわせた。主演の女は、待ちくたびれて、口をへの字にしていたが、男の方《ほう》はハイテンションで明るく座を和ませていた。俺は男の方だけに謝り、女の方には軽く頭を下げた。それが余計気に入らなかったのか、女は俺を無視して、トイレ行って来よ、と言って、立ち去った。気持ちは分かるけど、俺もムカついた。が、目の奥がグリグリと痛む頭で苛付《や》くと、吐くかも、と思ったので考えるのを止めた。俺は役者で、そいつをこなしていけば、自ずと考えは淘汰されて行くってもんだ。

「飲み過ぎですか?」

彼女だった。

「で、寝過ぎた?」

「…うるさい」

彼女にすら、ムカついた。彼女は、少しビクンとした表情をして、すいません、と言って、行ってしまった。頭ん中では〝待てよ〟と言って、腕を掴んで彼女を引き止めてるんだけど、身体は全く動かなかった。

…相当飲んだのか、それともトシかな?

主演の女が戻って来て、撮影は、リハーサルをもう一度、ってとこから再開された。ドラゴンが俺の代わりに立ち位置を指示されてる間、俺はメイクをされた。

「あー、待って下さい」

彼女が入って来て、コレ、と言った。

「何?」

持っているビニール袋から湯気が出ていた。

「タオル、電子レンジでチンしたんです、目の上とか首筋とか、当てるとちょっとすっきりしますよ……ちょっと熱いけど」

彼女は、中から蒸しタオルを引っ張った。

「あつッ」

「気ぃ付けろよ、どれ貸してみ」

俺は、そいつを広げて少し冷まして目の上に置いた。気持ち良かった。

「……だんなにもやってんの？　こんなこと」

「あー…まぁ、そうですね、酔っ払いですから」

次に首筋。

「効くね、気持ちいいよ」

彼女は嬉しそうに笑った。

「二日酔いで撮られると、ちょっと私のイメージと違いますからね」

……なんだ、そーいうこと。

「イメージの為の一環かぁ……」

「それだけじゃないですよ」

「じゃ、何の為？」

自分でも意外な真面目顔だった。真っ直ぐ彼女を見ていた。メイクさんも、ただならぬ
俺の真顔に、茶化すチャンスを失っていた。が、彼女が困ってメイクさんに、場をジョー

ダンにしてしまうよう求めてしまった。

「もちろん、ねぇ、ここにいる王様の為ですよねぇ！」

「そうそう、脚本家より遅く来る王様の、ねぇ！」

彼女たちは顔を見合わせて笑った。くそ、女ってのはすぐ結託しやがる。俺も合わせて笑うしかなかった。手早くメイクされた頃、そろそろ本番いいですかー、と声が掛かって俺は撮りに出た。

…〝何の為〟に、俺に蒸しタオルくれたんだ？　シナリオの為だけ？　酔いがゼロになり切ってない（すいません）頭の中は、三割がた彼女のことが占めていて、彼女のせいで、彼女の世界＝シナリオは完璧じゃなくなった。その割に、ファーストテイクでＯＫが出た。というか、時間の関係で、というか、主演の女の機嫌で、というか。その後、当たり前だが、休憩らしい休憩もなく撮影は進んだ。明日は俺の撮影の休みの日に当たっていて、どうしても俺の撮り分は今日中にしとかなきゃならなかったからだ。ガンちゃんの立ち会いにも当然行けず、俺は何か気分が落ち込んで行く感覚に苛まれた。こんなんで、彼女んち行って楽しめんのか？　この調子が続いたら、今日は行くのやめよう。と思ったりする俺の気分を置き去りに、撮影は猛スピードで進み、何と俺の出番分は七時には撮り終わってしまった。ドラゴンは、朝から入っても昼から入っても同じってかー、と少しキレかかっていたが、俺はもう、そんなことはどうでもよかった。迷っていたからだが、そんなことは知らぬドラゴンが、飯どうします？　と尋いて来た。気分はトーンダウンしたまま変わらなかったので、俺は、彼女に断りを入れることにした。

「ドラゴン、ちょっと待ってくれる？」

いいっすよ、とドラゴンは、コーヒーを飲みながら言った。俺は彼女を捜した。彼女は監督と少し揉めていたが、すぐ、〝分かりました〟という、少し怒ったような声と共に監督に背を向けた。

「どうしたの？」

すぐに俺と目が合ったので尋くと、本日のラストシーン変更なし、とのことだったのに急遽、ワンカットなくすことになったと事後承諾になったらしい。

「また？」

その頃には俺も〝このVシネマは当たらねぇな〟と思っていた。

「これもう、私の脚本じゃないですよ、私こんなしょーもないの書いてへんわ」

キレの頂点だったのか、彼女は関西弁になった。

「まぁ落ち着けよ」

「もう終わられたんですよね、一緒に帰りましょう」

「いやあの、それね」

「もームカつく！　あ、すいませんけど、買い出しも付き合って下さいね」

彼女は一方的にそう言うと、スタッフ達に〝お先に失礼します〟と告げて、現場からさっさと出て行った。俺は、何か断るチャンスを失くして仕方なくドラゴンに、悪いけど帰るわ、と言って彼女の後を追った。何か、今日、俺、バカみたいだった。何一つ、思うように運んでないのに、事の過ぎ去るスピードだけは物凄く速くて、俺の思考をどんどん無用の長物化して行ってた。

「待てよ、こっちだろ」

彼女が繁華街と逆方向に向かおうとしていたので、俺は思わずそう言った。

「こっち、買い出し行くんだろ？」

「ちょっとだけ、遠回り、いいですか？」

「え……」

彼女は俺を振り向きつつも歩を緩めなかった。スタジオから坂を、ホテルやスナックの裏口の並ぶ通り沿いに下って、広い車道に出た彼女は、脇の地下道への階段を下りた。地上に一応、横断歩道があるのだが、信号がなかなか変わらないので、地下道がある。薄暗くて、ちょっと一人じゃ心細い感じだ。静かにしていると、天井の蛍光灯が立てる、低く鈍い〝ヌー――〟という音が聞き取れそうだった。

「この地下道、薄気味悪いでしょ?」

「まぁな」

「私、初めて東京来た時ね、この地下道抜けたとこにあるビジネスホテルに泊まったの、七階の、すーごい汚い部屋」

「そうなの?」

「ホテルはどうでもいいの、ロディ・フレイムってスコットランドのミュージシャン知ってます? 彼の追っかけで、会社ズル休みして私まで全国ツアー」

「音楽好きなら誰でもやってみたいことだよな」

彼女は少し嬉しそうな表情をした。

「その時ね、ライヴハウスに一番近い安いホテルを選んだの、そしたら、ここの地下道通ったらホントに近かったのね、行く時は別に気持ち悪くなかったし、何でみんな上で長いこと待ってんのかなって思ったんだけど、ライヴ終わって即行で帰る時、ここすごく暗くて一人も歩いてなくてさ」

「うん」

俺達は地下道を抜けて、彼女の言うホテルの真ん前に出た。

「分かんなかったのね、どこが危険とか、どういう人が危ないとか」

「田舎もんってこと?」

「はっきり言いますねぇ」

「あ、ごめん」

彼女は首を横に振った。

「いいんですよ、ほんとのことですから」

彼女と俺は、駅の方へ向かって、左へ坂を降りた。

「駅にいる、浮浪者なのか、ちょっと呆けてるのか、おばあさんいるでしょ?」

「ここの?」

スクランブル交差に降りずに、俺達は歩道橋を渡った。

「そう……その人に私、道尋いたんですよ、何か周りの人見てるなーって思ったけど、気にしないでたら、何かこの人おかしいなって気付いて」

「あぁ……東京もんは尋かねぇからなぁ、あんまし」

「らちあかないんで今度、改札の人に尋いたの、その頃はもう民営化されてて、大阪じゃあすーごい親切なの駅員さんて、だから道ぐらい教えてくれるだろうって思ってたんですけど、無愛想で応えてくれなくて方向指示器を指されてね」

「そうなんだ」

「何か悲しくなって、絶対、こんなとこには住まないぞって思ったんです」

俺達は歩道橋を降りて、人混みの中に出た。

振り返って、彼女は話題を変えた。

「何食べたいですか?」

「何でもいいよ、好き嫌いないから」

「お好み焼とか、どう?」

「面白そうだな」

「じゃあ、そうしよう」

俺達は、スーパーに入った。彼女は慣れた感じで、ショッピングカートを引っ張って来た。

「あ、俺が」

「そう?」

俺は初めてショッピングカートなるものを押して歩いた。そんなものを押して、彼女と、食料をあれもいるこれもいるそれはいらないまた今度、などと選んでいると、何だか快い気持ちが押し寄せて来た。

夫婦に見えるんだろうか?

〝奥さん、お肉が安いよ〟とか彼女が声を掛けられたりして、俺達は照れて笑い合った。俺は、彼女のだんなが帰って来なければいいのにな、と少し意地悪なことを考えた。ほんの束の間、彼女と二人きりの時間を過ごしたいと思った。なんて、何を考えてんだ、と俺は俺の、意外な独占欲に驚いた。

「ねぇ?」

「え?」

「もう、おもちどうする? 入れる?」

「あぁ」

「山芋も入れるのに？」

「え」

「どうする？」

「あぁ……正直言うと、お好み焼って何入れんの？　俺らやっぱりもんじゃに走りがちだから」

「もんじゃはしませんよ」

「ちょびっとも？」

「ちょびっとも」

「嫌い？」

「悪いけど」

「じゃあ任せるよ、具は」

「ほんとにお好みでいいの？　今なら変更オッケーよ？」

「俺は、あの監督じゃねぇよ」

彼女は笑った。

「分かった、じゃあレジ行くから、向こうで待ってて」

俺は彼女と離れてレジを出た向こう側のベンチに腰掛けた。学生やら主婦、OL、一人暮らしのサラリーマン等々、実に様々な人達が閉店近付くレジに並んでいた。時々、彼女の進み具合を見ながら、俺はマンウォッチングを楽しんだ。何を買ってんのかも見られたら、もっと芸の肥やしにもなるんだけどな。

「あのー」

振り向くと、大学生ぐらいの男子が二人、立っていた。二人は、俺のファンだと言って、俺の出た映画の話を熱く語り出した。自分で言うのも何だが、自分の憧れの人と話す機会に恵まれた好運に興奮してるのと信じられない気持ちが交錯して、彼らの話には取りとめがなかった。でも、俺は何か嬉しかった。最終的にサインをして握手をして、彼らは帰って行った。

「お待たせしました」

ちょうど、彼女が来た。俺達は、買い物の袋を一つずつ、俺は重い方を持って、彼女の家に向かった。

「タクシー乗りましょう」

俺は少しぐらい歩くのなんて平気だったんだけど。あっという間に、彼女達の住むマンションに着いてしまった。エレベーターに乗って上昇するのと同じに、俺の心拍数も上がった。俺、普通にしてられんのかな。

「まだ帰ってないわ」

彼女は、鍵を開けながら言った。

「どうぞ」

中は、新婚夫婦の部屋というより、学生寮みたいな雰囲気で、シンプルそのものだった。

「お互いの部屋があるのよ、彼はいいんだけど、私は入られると怒るの」

「入って来るの？」

「初めの頃はね、今はもう干渉しなくなった、彼も忙しくなったし」

「売れたもんね」

彼女は微笑んで頷いた。それが、少し寂しそうに見えた。どういう意味に取ればいいんだ？

「あ、シャワー使って下さいよ、昨日から入ってないでしょ、二日酔い」

彼女は、キッチンのテーブルに、買って来た物を次々袋から出しながら言った。

「臭い？」

「下着とか、置いときますからね、あ、新品ですよ」

「いいよ、お古で」

俺は、風呂場に促されて、シャワーを浴びた。

「シャンプーとか、そこにあるの使って下さい」

外から彼女の声がした。

「はーい」

俺は、身体を洗いながら、彼女達と同じシャンプーを使っていることに何となく後ろめたさを感じた。彼女と同じ匂いが、風呂場に充満した。その匂いが俺を刺激した。まるで中学生みたいだな、と思って、俺は自分を笑った。冷たいシャワーを浴びて自分をクールダウンさせてから、俺は外に出た。

「早いですね」

「カラスの行水だから」

切られた材料と、溶いた粉がテーブルに出されていた。

「まだ具、あるんですよ、焼く時、切ろうかなって今思って」

彼女は俺に冷えたビールを手渡した。

「おつまみ、チーズかいかなごのくぎ煮しかないんですけど……」

「いいよ、何でも」

「何だったら小さいの焼いてもいいんですけど」

「だんな待ってなくていいの？」

「いいですよ」

「でも何か悪いな、だんなより先に風呂入ってビール飲んでお好み食ってちゃ」

「全然気にしないで下さい、彼、あんまり深読みとかしない人だから」

「いや別に深読みしてるわけじゃないけどさ、気持ち的に良くないかな、ってさ」

「全然平気ですよ」

彼女はホットプレートを出して来た。

「すいません、コンセント入れて下さい、私、もう少し山芋切りますから」

「あ、うん」

俺は缶ビールを脇に置いて、プラグを繋いだ。そして、何だか落ち着かない気分のままソファに腰掛けて、ビールを飲んだ。彼女が山芋を切る庖丁の音を聞きながら、俺は思った。家に帰った途端に、彼女の口調はいつもの〝ですます調〟に戻ってしまった。無意識に俺との距離を取ってるんだろう。少し浮わついてた俺の気持ちは、何だかしぼんだ。それを呷《あお》るように飲んだビールの缶はすぐに空になった。

「ビール、どんどん飲んで下さい……って、考えたら大丈夫ですか？　昨日もめちゃくちゃ飲んでんですよね？」

山芋の入ったボウルを持って来て、彼女は言った。

「おつゆ、飲みます？　わかめなら十分もあれば……」

「気遣うなよ」

と言うより早く、彼女は鍋にだしを取り始めた。

「私、いりこは頭と内臓だけ取って、あとはそのまま入れっ放し、みそはこさないんですよ」

「あぁ、俺んちもそうだったな、お客さんの時だけ、きれいなだしでさ」

「あ、そうなんですか」

「普段は、カルシウムだとか言われて、いりこもみそ粕も食わされてたな」

「今日もそれでいいですか？」

「いいよ」

彼女が作る物なら、何でも食ってみたかった。うまいとかまずいとか、そんな他愛のないことを言いながら。ふと、左に振り向くと、パソコンがあることに気が付いた。

「パソコンやるんだ」

「あー、彼の」

「曲作ったりとか？」

「いえ、インターネット……それ、一台目なんですよ、彼二つ目、iMac買っちゃってCDジャケットのデザインとかしてみたかったらしくて」

いりこのだしの匂いがふわりと漂って来た。

「今は、ツアー先からとか、ホームページとかインターネット専用みたいな感じで、私も使ってます」

「シナリオ書く時とか？」

「私、シナリオはまず紙とシャーペンですね、一番スピードが合うの、手の動きと脳からの思考との」

「へえ」

「一通り完成したら、ワープロで入力して、推敲するの」

「意外と古いとこあんだ」

みその香りがして、彼女は火を止めた。

「はい、どうぞ」

「サンキュ」

「熱いから気を付けて」

「うん」

何となく、俺はデジャ・ヴュ（既視感）を感じていた。……あぁ、そうか、今日の昼間だ。彼女が蒸しタオル持って来て……。

「私、古いのって結構好きなんですよ」

熱いみそ汁が俺の胃ににじわんと広がった。

「……うまいよ」

彼女は嬉しそうな表情をした。その時、電話が鳴った。彼女のだんなだった。飛行機がストで飛ばず、時間の都合上、夜行で次のツアー先へ移動する為、帰宅出来なくなったとのことだった。

「あ、そう……分かった、いいよ、あ、一応、直接謝ってくれる？」

彼女は俺に電話を替わった。

「もしもし？　すいません、会えんの楽しみにしてたのになー！」

「俺に、じゃなくてカミさんに、だろ？」

「そんな、分かります？　って冗談ですよ、ほんまついてへんわ」

「いいよ、また今度な」

「ほんますんません、折角来てくれてはったのに」

「いいよ、お前のカミさんと楽しむから」

「え、ちょっとヤバいですね、それ」

「浮気しようかな？」

彼女が、俺の頬のすぐ側から受話器に向かって言った。ドキとした。

「あかんで、おい」

「まさか、しねぇよ」

「ほんま、頼んますよ！　じゃすんませんけど……」

電話を切った俺は、残りのみそ汁を飲むことで、この曖昧な空気の沈殿を待った。

……〝浮気しようかな？〟だって？　この状況では、冗談とも本気とも、取れる発言だった。俺は、買い物してる時に浮かんだ邪《よこしま》な考えを後悔した。現実になってしまうと、何故かとても居心地が悪く、だんなと三人でいるよりも帰りたいような気持ちになった。だけど、ここですぐに帰ってしまうと、俺は今後、彼女達と、というか彼女と、平常心で会えるかどうか自信を失くしそうな気もした。それに、認めてしまうと思った。俺の、彼女に対する気持ちを。とても、二人きりで普通に過ごせない、という感情を。だから、俺は自分を試すことにした。人の女房に手を出すような常識外れなのかどうか。

「……何か、飲みたくなっちゃったな……良かったら、付き合って下さいよ、お好みの材料も、食べ切れないし」

「あ……そうだな」

そう言って、俺は早速お好み焼を焼き始め、彼女は缶ビールを飲み出したんだけど、俺の集中力は散漫で何をしてるのか、そぞろな感じだった。

「あ」

彼女が言った。

「マネージャーさん、呼びません？　二人で食べ切れないでしょ」

「だな、じゃあ」

俺は、テストの途中にトイレでカンニングするみたいな救われ方で、ドラゴンに即行電話した。ところがドラゴンの携帯は〝電波の届かない所〟にいるらしく、繋がらなかった。

「しょうがないか、二人でヤケ食いしましょう！」

「そうしよう！」

俺は別に、ヤケになることなんか何にもなかったんだけど、もう流れに任せることにした。ホットプレートを予め温めてなかったので、ちょっと時間はかかったけど、一枚目のお好み焼が焼き上がる頃には、俺達は純粋に、飲み食いすることを楽しんでいた。会話も態度も、ぎこちなくなくて、正に友達とか同僚って感じだった。ま、いつ崩れるか、分かんないけどな。

「私ね、子供欲しくないって言ってたでしょ」

「うん」

「でも、出来たらどうすんだ？　って思わなかった？」

「何かやってんだろ、その、計画っつーかさ」

彼女はソファの下の引き出しを少し開けて、錠剤の入ったアルミパックを取り出した。

「これ！　見たことある？」

三五〇ミリリットル×二缶で酔ったのか、彼女はやや饒舌になりつつあった。

「え……ピル？」

「さすが、遊び人は詳しい！」

「何言ってんだ、テレビでさんざんやってたろ、解禁の時」

俺はお好みを我ながら鮮やかに返した。

「結婚してから飲み始めたの」

「それって、身体にあんまし良くねぇんだろ？」

「……昔のは高容量で副作用あったらしいけど、今のは低容量だし、ちゃんと婦人科のカウンセリング受けるし、生理痛とか不順とかプレ更年期とかの症状も緩めてくれるって」

彼女はパックをまた元の場所に戻した。

「……やめとけよ、薬でそういうこと、コントロールすんの」

「……じゃあ、どうすればいいのかな、寝ないで過ごせってことでしょ？　どうやってかわしてくの？」

「……分かんねぇけど」

「もし、私の夫だったら、どう？　妻と一生寝なくても、心の底から愛せる？」

「何だよ、極論じゃねぇかよ」

「だから、もし」

「〝もし〟？」

彼女は、お好み焼を器用にコテに乗せて食った。そして、頷いた。

「……愛せるよ」

俺の言葉は、ようやく部屋の隅に沈んだ重くて曖昧な色の空気を掻き回し始めた。

「何もなくても、どこにいても、気持ちは変わらない」

「嘘」

「それが本当に相手の願ってることなら」

「そんなの、無理だよ、やったことある？　誰かを好きになって、なのに身体は独占しなかったなんてこと、あるの？」

「……あるかもしれない」

「嘘、ないくせに」

「絡むな」

「絡むよ」

「だんなが帰って来なかったのは俺のせいじゃないだろ」

「私のせいだって言うの？」

「ストのせいだろ、俺に怒りぶつけんなよ」

「じゃあ、黙って食べる」

「そういうことじゃなくてさ」

彼女は俺を無視した。

「おい」

彼女は、わざと黙って、俺の目を見ながら、大口開けてお好み焼を放り込んだ。

「でけぇ口」

見つめ合ってはいたが、彼女は答える気がなく、モグモグと口を動かしていた。

「これ、食う？」

俺は今焼いている分をコテで指して尋いた。彼女は、俺から目を逸らした。

「なぁ、食うの？　食わねぇの？」

彼女は、おもむろに立ち上がって、ステレオの所に行った。そして、何かCDをセットして戻って来た。エアロスミスの曲がかかった。

「エアロ?」

「独り言だから」

「え?」

「エアロのスティーヴン・タイラー見たら、清水アキラを思い出すの」

「それがどうした?」

彼女は黙って俺を見た。

「あー、独り言でしたよね?」

俺は新しいビールの缶を開けた。

「清水アキラに似てるよね、ちょっとデヴィッド・ボウイ寄りっていうか」

「嬉しくねぇな」

「嘘よ、デビット伊東に似てる」

「似てるってのは嬉しくない」

少しだけ癪《しゃく》に障った。なので、缶ビールを振って彼女に渡した。それを知ってて彼女は、プルアップした。しかも俺に向けて。泡は俺のシャツを濡らし、ホットプレート上に玉になってジューッという音を立てた。

「……俺、帰るわ」

俺は、何かそれが合図みたいに思えて、席を立った。

「え……」

俺は、玄関へと急いだ。

「待って」

彼女が、俺の前にすべり込んだ。

「ごめんなさい、もう絡まないし、嫌味言わないから、帰らないで」

ドキとした。

「まだ、いて下さい、シャツ、替えて下さい、ごめんなさい」

「いいよ、怒ったんじゃねぇから」

「だったら、まだ、もうちょっと、だめ？　だめならいいけど……」

彼女は俯いて……親指で目頭なんか拭うなよ。

……黙ってると、サーッという雨のような音が聞こえた。

「……雨、降ってんのかな？」

俺の呟きに、彼女は、玄関のドアを開けた。廊下の向こうは雨だった。

「……傘ないでしょ？」

「うん」

「うち、一本ずつしか持ってないから、貸したげられないの」

「……うん」

彼女はドアを閉めて、俺をリビングまでシャツの袖を持って引っ張った。

お互い、二枚半お好み焼を食ったので（粉物には限界があるよな）、その後は飲み語らいになった。俺の親父は建具職人で、彼女の家は菓子職人、職人の子ってことで、何となく共通するもんがあって、その話は盛り上がった。

「うちは職人ってことないですよ、力仕事で、技とか発揮するとこないですもん」

彼女は、冷やした日本酒といかなごのくぎ煮でやり出した。

「大丈夫か、ビールも結構飲んでんぞ」

「平気平気、倒れても家やから、全然！」

彼女は、俺にも冷酒を勧めたが、俺は泊まるわけにはいかないと、強く理性がうなっていたので断った。

「この組み合わせが最高やのになぁ……」

やっぱり彼女は、酔ってる。言葉の抑揚が関西チックになって来てる。

「でも、うちのダンナは、冷やで塩辛が最高って言うんですよー、塩辛なんか食べれますー?」

「うまいよ、俺もだんなに同感」

「えー、見た目、何ていうか、ナメクジみたいじゃないですか」

「ヤなこと言うなよ、あつあつの御飯にのっけてもうまいじゃん」

「絶対、食べへん、だって腹わたとか入ってんでしょ」

「わたがうまいんじゃん、わたの良し悪しは関係あるけどさ」

「死霊の、腹わた」

言い終わると、彼女は笑い出した。…酔っ払い女だ。

「あー、おーいしいワインあるんですよ」

「もう、いいよ」

彼女は、キッチンの隅へ、壁や家具につかまるように沿って行った。

「まだ酒もあるし、俺、飲まないよ」

声を掛けたが、返事はなかった。

「聞こえた？」

俺はちょっと心配になって、そっちを覗いた。彼女は家庭用のワインセラーの前で、うずくまっていた。

「どうした、大丈夫か？」

「平気、座ってて」

だけど、瓶のぶつかる音がして、俺はそっちへ行かざるを得ない気持ちになった。彼女はワインのボトルを一コ抱えるように受け留めて、床にペタンと座っていた。もう一本、ワインは床に転がっていて、俺の方へゆっくり流れて来た。俺はそれを拾ってセラーに戻した。

「大丈夫、じゃねぇな？」

俺は、彼女の横にしゃがみ込んだ。彼女は俯いたまま、

「これ、貴腐ワインなんですよ……」

「何ワイン？」

「貴腐…カビがぶどうの表面を溶かすことで出来るの」

「うん」

「他にも買ったのに…」

「さっきの？」

俺はワインセラーを振り返った。

「うん…ぶどうを木につけた状態で凍結させるの、アイスワインとか呼ばれてて、カナダとか、ヨーロッパでも雪の積もるような所で栽培されてて、ほんのちょっとしか収穫出来なくて、それで貴重で、日本で買うと高くて」

「うん、分かったけど、今飲まねぇから」

「おととい買ったんです、電話もらって嬉しくて、アホみたいに」

「うん」

「私が自分勝手やから、バチ当たったんかな……」

俺は彼女からボトルを取って、セラーに入れた。

「自分勝手って？」

「帰って来れないの、しょうがないって分かっててもこんな風に、嫌な感じになるし、それだけ好きなくせに、子供は生みたくないって思って、彼に黙ってピル飲んでるから、バチ当たって、帰って来ーへんかったんかな…？」

「だから、たまたまだよ、誰がどうしたからこうなったとかないだろ」

彼女は冷蔵庫の取っ手を支えに、ふらふらと立ち上がった。

「私、酔っ払ってますわ……」

彼女はそのまま冷蔵庫を開けて、ボトルのまま、水を飲んだ。

「大丈夫かよ？」

彼女は頷いた。

「じゃあ…俺、帰るよ？」

「……タクシー呼びます」

「いいよ」

「雨降ってますし……深夜で危ないから」

彼女はリビングに戻り、フロアに座って電話をかけた。

「深夜で危ないって、人のことガキみたいに」

電話で喋る彼女の声は、さっきとは違う、しっかりした声だった。その後ろ姿を見ていて、何だか、俺は彼女の、気配りというより気の張りとも言うべき緊張が痛々しく感じられた。一人で不安でも、何かにすがったりはしないんだな。彼女がシナリオを、紙とシャーペンで書くのには、セルフセラピーの意味があるんじゃないだろうか。

「だって今は昔と違って、若い子は手加減知らないでしょ、殴るにしても」

電話を切った彼女は、俺を見上げてそう言った。

「オヤジ狩りのこと？」

「うん」

「俺、一応ボクシングとかもしてたんだぜ？」

「そんなの関係ないよ」

彼女は、また少し水を飲んだ。が、その水はペットボトルから多く出過ぎて、彼女の喉から胸元までこぼれた。

「やってもた」

彼女は、立ち上がって、自分の部屋へ行こうとした。けど、急に立った為、立ちくらみがしたらしく、彼女はふらっと座り込んだ。

「おい？」

俺は思った。心配で帰れないんじゃないだろうか？

「……建具の職人って、敷居とか鴨居とか……？」

「え？」

「お父さん、建具職人って言ってましたよね」

「あぁ…」

脈絡のない会話に戸惑っている俺を置き去りにして、彼女は喋り出した。

「うちは完全家内工業ってヤツです、駄菓子屋さんで売ってるようなこまごましたお菓子を半分手作業で作ってました、父と母と、二十四まで私と」

「そうなんだ」

「兄がいるんですけど、跡は継がなくて、一代限り」

「今は?」

「私が家を出た時は、まだやってましたけど」

「連絡取ってないの?」

「仕事のことは意識的に尋かないんです」

「何で?」

「逃げたから」

「逃げる?」

「私、三十歳まで家族と住んでたんですけど、ずーっと逃げたくて、でも自分の力では家を出られなくて、誰かの助けを待ってたの、ズルくね」

「働いてなかったの？」

「その時は働いてなかった……それでよく揉めて、もう両親も諦めかけた頃、彼との伝《つて》が出来たの」

「そうなんだ……でも、いいじゃねぇか、昔のことだろ、もう違う所に住んでんだし、幸せだったら、あんまし思い出さねぇだろ、ヤだったこととか」

彼女は、今度はゆっくり立ち上がって、小さく言った。

「…この頃、思い出すんです、夜寝る前とか……幸せじゃないのかな？」

「…何て答えればいいんだ？」

彼女は俺の質問返しには答えず、自分の部屋へ入って行った。

「なぁ、おい」

俺も、酔っていたのかも知れない。俺は彼女に尾《つ》いて、彼女の部屋に入ってしまった。単純に、どういう意味なのか尋きたかっただけで、他のつもりはなかった。

「え……？」

振り向いた彼女は、Tシャツを脱いだとこ、って姿だった。

「あ…ごめん！」

俺は、リビングに急いで戻って、ソファに腰掛けた。けど落ち着かず、煙草に火を点けた。いや、俺、帰るって言ったんだ、タクシーそろそろ来るだろ。間《ま》、悪かったな、何か意地悪な運びになっちまったな。女のもっとすごい姿も見慣れてるのに、彼女の下着姿でオロオロしてる自分が情けなくて、でもそれを悟られたくなくて、俺の内心はぐるぐる回転していたが、彼女は見られたことなどなかった感じで別のTシャツを着て戻って来た。でも、それが逆に俺を居心地悪くして、俺は自分から、見たことを茶化すことにした。

「ごめん、着替えてるとは思わなかった、素速かったな、脱ぐの」

彼女は、黙って俺を見た。

「ほんと、ごめん！」

彼女は、無表情に俺を見たままでいた。

……まずい。俺は次、どういう展開にしていいのか分からなくなった。誘っているのか、警報を発しているのか見当がつかず、俺は彼女の視線を避けようと、煙草の煙の中に隠れた。手元の煙草は、わざと火を下にして燃やし、吐き出す煙と副流煙の中で、辛うじて俺は理性を保っていた。ニコチンで狭められた血管と、彼女を意識している緊張感で、俺の脈拍は一五〇ぐらいあるんじゃないかと思われるほど、波打った。〝自分の脈を数えて落ち着く〟なんて人がいるけど、今の俺には無理だ。呼吸困難に陥ってしまう。それでも、俺は煙草を吸わずにいられなかった。そんな状態で肺に思い切り吸い込まれた煙は、案の定、俺を咳込ませた。

「大丈夫ですか？」

やっと口を開いた彼女に、片手を上げて平気だと応えたが、意に反して、俺はむせ続けた。

「ゆっくり息吸って……吐いてばかりじゃ、苦しくて死んじゃう」

彼女は、ソファの後ろに回って、俺の背中をさすりながら言った。優しい手は温かくて、少し骨張っていて、俺の背骨を何度か上下した。その魔法は、よく効いて、俺の咳込みは収まった。

「…ありがと、もう大丈夫」

俺は、煙草を消して、彼女を見上げて言った。見下ろす彼女の目は、煙の切れ間から俺の目に真っ直ぐ注がれていた。俺は、たった今離れたばかりの彼女の手を握って、引き寄せた。彼女は、ソファで身体を支えようとしたが、俺はそれを阻んで彼女を抱き締めた。

ちょっと変なスタイル（俺はソファに膝立ち、彼女はソファで身体が前屈み）だったけど、俺はすぐにも彼女をライン（＝ソファ）を越えて、こっちに来させる気でいた。

……だけど。

「え……」

離れようとしてもがいた彼女の手は、今、逆に強く俺の首に絡まり、俺は身動きが取れなくなった。彼女の匂いや胸や腕をこんなに感じながら、俺の気分は萎えて行った。

「……分かったよ」

俺は、彼女の腰から腕を外した。

「冗談だよ、まさか」

「私」

彼女は、俺から離れずに言った。

「多分、私達、同じ気持ちだと思います、だけど、簡単に、そんな風に、ええやんて風に、出来ないです、そんな若くない、気持ちも全部……」

「だから、冗談だって」

俺は、彼女に負担をかけないように、出来るだけ軽い感じで言った。

「な、ふざけてた、ごめん！」

俺は彼女の二の腕を叩いて、ホールドを解いてくれと合図した。彼女は、ゆっくりと力を緩めて、俺から離れた。そして、俺と目を合わせぬよう俯いた。普段の俺なら、こうやって警戒心を解いておいて、再度チャレンジするところだが、気まずい空気が流れてしまって、俺は多少の自己嫌悪を感じる羽目になった。その空気を打ち砕くように、クラクションが一回鳴った。

「タクシー来たな」

俺は、この部屋から早く出たいと思った。早く一人になりたかった。

「ここでいいから」

俺は玄関で彼女に言った。

「じゃ、また、撮影で」

彼女は頷いた。

「ほんと、悪かったな、ごめんな」

「忘れて下さい」

〝忘れろ〟か。

ちょっと寂しかったが、俺も頷いてドアを閉めた。エレベーターの中で、俺は頭をぶるぶる振った。忘れようと思ったんだ。優しい手も、胸や腕の感触も、匂いも、もう見ることもないだろう姿も、ここで見た彼女の全てを。だって、人間てのは、何度も何度も、思い返しているうちに、どんどん好きになって行くもんだろ？

下に着くと、入り口前に、タクシーが横付けされているのが見えた。俺は、マンションの扉を開ける時、「忘れるよ」と小さく口に出して言った。俺が乗り込むと、運転手は行き先を尋いた。俺は自宅の近くを指示して、ガンちゃんの携帯に電話した。

「もしもしぃ？」

酔った声のガンちゃんが出て来た。ガンちゃんは〝源さん〟で飲んでいる、と言った。

「俺ね、今日のことは忘れ隊の隊員二号なの！」

「一号は誰よ？」

「ヨシエでーす！」

横から女言葉の男が出て来て、ガンちゃん達は笑った。そうだった、ガンちゃん、女房と別れたんだ。俺は、慌てて運転手に、〝源さん〟への進路変更を告げた。運転手は無愛想にハンドルを切り、車はスピンでもしてるように揺れて、逆方向に走り出した。俺も、今日のことは忘れ隊に入るよ。ほんとは、忘れたくないくせに。そう思ったら、何か目が熱くなって泣けて来た。

「お客さん、吐かないでよ？」

運転手が嫌な感じで、そう言った。

「…うるせぇよ」

俺は〝源さん〟に着くまで、泣き続け、その後のことは覚えがないほど、源さんを儲けさせてやった。なんて、俺達、店の備品を壊したりしたんだけど、源さんからの請求はなく、おかげで俺達はしこたま飲みまくった。

明日のことも考えずに。

一日休みを挟んで、俺は現場に戻った。彼女と顔を合わせて、二言三言喋ったが、前と何も変わってないように思えた。俺達は〝忘れたふり〟をしてるうちに、本当に〝なかったこと〟のように思い始めていた。もちろん努めて忘れようとはした結果だけど。

そんな日々を繰り返し、撮影日程は終わろうとしていた。監督の急な変更にも、もう誰も不平を言わなくなり、もう一刻も早く解放されたいと思っていた。俺は最後、巻き添えを食って倒されてしまう、というシーンを撮り終え、一応、俺の分の本編は撮影終了した。

後は夜明け待ちかぁ、というスタッフの声がすると、途端に場の緊張が解けて、皆んながザワザワし始めた。その中を、お疲れでーす、と言いながら、ドラゴンが近寄って来た。

「打ち上げあるんで、ラストまでいて下さい」

「分かった」

俺はさり気なく彼女の方を見た。彼女は紙コップにコーヒーを入れていた。何個かに入れていたので、俺の方にも来るだろうと思い、スタジオの隅にそのまま座っていた。彼女は主演の女と男にコーヒーを運んで、言葉を交わした。笑顔になった。主演の男が彼女達を笑わせている。彼女はなかなかその場を動かなかった。…持って来ないのかな。少し苛付いた頃、ドラゴンがコーヒーを持って来た。

「あー、サンキュ」

「どうします？　一回帰ります？」

「そうだなぁ…一回帰ると俺、戻れるか不安」

「俺も不安です」

「俺、腹減ったから、ちょっと食って来る」

「一人はだめですよ、誰かと一緒に…そうだ、先生、お願い出来ますか?」

ドラゴンは、コーヒーを持ってこっちに来掛けていた彼女に、頼んだ。

「え、何を?」

彼女は俺らが既にコーヒーを持っていることにやっと気付いたが、ドラゴンが、もう一杯頂きます、と言って片方を受け取った。

「打ち上げあるんで、ラスト戻って来て欲しいんですけど、何か食いに行きたいって」

「それで?」

「でも、ちゃんと戻って来れるか一人じゃ心配なんで、先生となら確実かな、と思って…いいスかね?」

「……いいわよ」

「良かった、じゃあすいませんけど、よろしくお願いします」

ドラゴンは、コーヒーコップを二つ持って向こうへ行った。…本当に察しのいい奴だ。いい女に出会え、と祈らずにはいられない、憎いヤローだ。もしかして、俺よりカッコよかったりして、アブネーアブネー。

「何、食べに行くんです?」

「ラーメンかサンドイッチ」

「何なの、その手軽さは」

「だって食いたいんだもん」

「じゃあ、出掛けますか」

俺達は、夜明け待ちを兼ねた、久々の深夜徘徊に出た。もうすぐ電車もなくなるってのに、街は人でいっぱいだった。営業を終えたデパートの前でギターケースを広げて歌う下手なブルースミュージシャンや、やらせる女をナンパする男達、うまい男にナンパされたい女達、ラクに金を稼ぎたい売春女子学生、不景気で女房をパートに出しながら少ない小遣いで援交してるサラリーマン、あとは色んな恋人同士、ダンサー、エトセトラ。全うな人達はどこに行っちまったんだ？

「…どうしたの？　何か顔つきこわいけど」

彼女が俺を覗き込むように見て言った。

「ヤだなぁと思って」

「何が？」

「夜になるとさ、更けてくとさ、何か人間って欲望に忠実になってくよな」

「あー…まぁね、タガが外れるのよ、暗くなると、物理的にも目が見えにくくなるでしょ?」

「そうだな」

それは何となく、あの夜の俺のことを言われてるみたいで極り悪く、俺は黙った。

俺達は午前三時まで開いているラーメン屋へ急いだ。途中、何だか彼女と競歩レースみたいになりながら、ラーメン屋に着いてドアを引くと、

「ガキでいっぱいだ」

何でだ、俺達が一生懸命、働いてるっていうのに、いつの間にかこの店の客は夜遊び始発待ちのガキの溜まり場になっちまった。この中で、働いててこの時間、夜食、ってガキは(もちろん社会人もいるけど)一〇〇分の三にも満たないだろう。だいたい鼻ピアス唇ピアスでカタギの職じゃねぇ奴ら(人のことは言えないけども)率一〇〇パーセントだ。それでもまだ、働いてりゃいい。大学生とか高校生、も、学校行ってんなら、良しとしよう。こいつらは一日中、街にいる。帰る所も行く所もなく、ずっとはびこってる。悪いとは言わない。誰だって居心地いい所にはずっといたい。だけど、何か、違うだろ、と言いたい。若いくせに、何というか、親父の領域に入って来んなよ、とでもいうか。生まれてからずっ

と、個人の自由だ権利だってぬかして怒られることもなく大切にされて、不自由であることも知らず、不自由さによる工夫とかも考えず、何でも手に入れて、自分らが子供と呼ばれる半人前だってことに気付いてない。自由とか権利をわがままと擦り替えて振り翳《かざ》し、子供の領域を越えた領域にはみ出して来やがる。一人前でやっと人間なのに、何で半人前のガキどもの言うなりになってんだ、今の教育制度は。

「どうします？　別の店、行きましょうか？」

「うん」

俺は彼女に従った。店を出る時、店主の親父さんが、すまなそうな顔をしたように思えたけど、気のせいだろう。やっぱり、儲かった方《ほう》が、現実としていいんだもんな。もう、源さんみたいな男気のある店主はいないのかもな、と思った。もしかしたら、俺らの世代に受け継がれてるだろうから、あと十年は待たなきゃな。

「相当怒ってます？」

彼女が終夜営業のチェーン喫茶店へ引き返す道で尋いた。

「怒るっていうか、腹は立った。俺ら一応時間に追われて仕事してんだぜ？」

「あの子達もそうかもよ」

「あんな形《なり》で?」

「古いこと言いますね」

「いいよ、古くて」

「じゃあ、お侍さん、コーヒーはアイスですか?」

「誰が侍だよ?」

俺達は同時に店の自動ドアを踏んだ。

「私、頼んで来ます。サンドイッチとか適当に」

俺は頷いて、奥の、差し向かいで座れる席へ行った。さすがに客は殆どおらず、というか、いるんだけど、ラーメン屋に比べるとすごく静かで、品があった。女の子もこっちの方が安心なのか、一人の子もいた。俺は煙草に火を点けて一服した。そういえば、俺はこの頃行かないけど、競馬なんかも、テレビで見てるとGIレースなんかじゃ、オリンピックでも応援しに来てる気分の若い奴らで客は埋まってる。俺らが子供の頃は、競馬はもちろん、競艇、競輪等、賭け事は、大人のものだった。親父達にくっついて競馬場へ行ったことはなかったし、いつから遊園地まがいの公園とかがパドックの脇に出来たんだろう?今じゃ、完全に競馬は〝紳士のスポーツ〟だ。俺は、それも何か違うだろって気がしてる。

発祥地じゃ、どうだか知らないけど、やっぱり、馬券売り場には親父が群がってる姿が合ってると思う。人気ジョッキーとかが勝つと、決まってジョッキーだの馬の名前だのを連呼するが、あれも勘違いな行為だろう。第一、馬が怖がって、枠に入るの嫌がったりすることが多くなった気がする。それに気付いてないんだろうか。それとも気付いてないふりで〝純粋にレースを楽しむ紳士な僕ら〟を演じてるんだろうか。いくら賭けに勝って儲けても、結局一番金が動く所は馬主さんや牧場さんやジョッキーさん、そしてJRAさん、と馬側の人達なんだと思う。つまり、偽じゃなくて、ほんとの紳士さん達のスポーツなのだ。俺は何かそう思えてから、競馬はやらなくなった。テレビで見る程度になった。たまに、競艇には行く。〝水上の格闘技〟だとか、役所広司さんを起用して大人のデート場所にどうかと提案しているが、実際蓋を開けてボート場に行くと、そこはまだまだオヤジの世界が広がっている。ハンチングで耳に赤ペン引っ掛けスタイルがそこかしこに生息し、俺も年齢的にはオヤジだけど、そこではまだガキって感じで、父親の意見なんかも取り入れてしまったりする。女も、オバチャンが殆どで、たまにキレイな筋のネエさんもいるが、そこで知り合ってどうこう、なんてことは絶対にない。というか全員、それどころじゃない。金がかかってる、という血走ったオーラが流れている。それを感じると、俺は役者魂みたいなものをくすぐられる。火が点く。上を向かざるを得ない気分になる。それを味合いに、仕事がない時、親父を誘って行くぐらいだけど。まぁ、どれもこれも、俺の想像なんだけど、外れてはいないと思う。

フィルターぎりぎりまで吸って、俺は煙草を消した。

「お待たせ致しました」

彼女が盆に二人分の食い物を盛って持って来た。

「あれ、店の人、持って来てくれなかったの?」

「いいえ、一人にしといた方がいいかと思って、カウンターの側に座ってたんです」

「何で一人にしといた方がいいの?」

「ずーっと誰かと一緒、でしょ、一人の時間も欲しくなりません?」

彼女と一緒なら、別に良かった。

「それ、自分が欲しかったんじゃねぇの?」

「どうでしょう?」

彼女は俺の向かいに座って、おしぼりで手を拭いた。俺も、手を拭いて、ホットサンドをつまんだ。アイスコーヒーの氷がカランと涼しい音を出した。ラーメン屋の件で、余計腹が減った俺は、無言でパクついた。でも頭ん中は彼女のことを考えていた。タメ口になったり、丁寧になって一線を引いたり、彼女の口調は揺れる。それは、彼女の気持ちを表している。彼女の家に行った時に確信した。全く、グラスの中の氷みたいだ。心の中で、冷たく凍って固まっているくせに、少しずつ溶け出して揺れる。いっそのこと、全て溶かしてしまえればいいのに。俺の温度がぬるいのか？

「あー、お腹空いてたから、おいしい！　ね？」

彼女は、ホットドッグを半分、一気食いして、アイスココアをすすって言った。俺は、頷いて、アイスコーヒーを飲みながら、彼女を見た。〝グラスの氷〟もそうだけど、〝穴《カップ》ギリギリをかすって入らないゴルフボール〟もまた、俺と彼女みたいだと思った。落ちてしまえばいいのに、かすめて通り過ぎて行く。しかも、何回も何回も際限なく。今だって、そうだ。いくら俺がラストシーンに戻り損ねそうでも、嫌なら断ればいい。なのに彼女は俺と一緒に来た。だんなと俺を天びんにかけてるのか？　だとしたら、重いのは今、どっちなんだ？

「何ですか、何考えてんですか？」

俺があまりにも見続けたのが、気になった彼女は、少し棘っぽく俺に尋いた。

「え？　いや、この頃の競馬ってさ……」

と、俺はさっき一人の時に考えてたことを思い浮かべてた、と彼女に言った。

「あー、ありますよね、ありがた迷惑っていうか、度を越した親切っていうか、手加減を知らないっていうか」

彼女は紙ナプキンで口を拭きながら、モゴモゴ言った。

「私、そういうの、映画館でも感じますね、改装したりしてすごくきれいにして、だからもう中で飲食禁止とかって、何ていうか、ネットが高くなって、サーブ打ちにくくなったっていうかね、度が過ぎて、快適にしようとし過ぎてかえって落ち着かない感じになっちゃうっていうか、そんなことに気遣うんならもっとちゃうとこ気ぃ遣いーや、って感じ」

「だよな、あと逆にどんどん境界線を無くすことによってルールが無くなってっちゃうようなこととかもあるよな」

「そうそう、最低限の規則は必要だけど、あまりにもきちんとし過ぎて余裕ないみたいなのもあるしね、限度が分かんないっていうか」

「こんなこと言うと、オジン臭いって言われんだけどな」

「私はいいですよ、おばさんですから」

「子供の頃って、領域って言うのかな？　そういうの、あったろ？」

「ありました、私達の世代って、今、親の世代になりつつあるけど、子供と一緒にコンサート、とか、ちょっと考えられないな、私、ストーンズもビートルズもオヤジ音楽とか思ってたし、演歌なんかバカにしてたし、親と同じセンスなんかなかったですもん」

「だけどさ、ある年齢になると、そういうのもあるよな、って風に思えて初めて領域がなくなんだよな」

「そうなんですよ、領域を知ってからの、領域越えっていうか」

俺と彼女は、深夜の喫茶店で、えらく盛り上がった。

「音楽とか、割と乱れ聴きですけど、絶対親世代とリンクしなかったですもん」

「それって、でも、個人差あんじゃねぇか？」

「あー…そうですね、親の職業とか年齢とか、性格とか、ありますよね」

彼女は空になったアイスココアの氷を口に入れて、カリカリ噛んだ。このVシネマの仕事をし始めてから、彼女のことを知り始めたんだけど、その間中、思ってたことがある。彼女、親の話になると何となく棘々しい口調になる。この前だって〝逃げた〟とか言ってたし。

「……なぁ？」

俺は、水を一口飲んで口を拭って尋いた。

「お前、両親と何か、あるの、その、亀裂っていうかさ…あ、誤解すんなよ、聞き出したいわけじゃないから、喋らなくてもいいんだ、俺、別に、お前の何ってわけじゃないしさ」

「亀裂はありますよ、相容れない感じ」

彼女は、小さく身震いした。

「何か寒くないです？　私、クーラー病かな？」

確かに、超クーラー効いてる状態だった。

「じゃあ、出るか？」

彼女は、肘の辺りをさすりながら頷いた。

俺達はまた同時に店の自動ドアを踏んで、まだ気温の高い外へ出た。

「あー、ぬるい！」

皮膚表面が凍りかけてた彼女は、まるで解凍でもされてるようだ、と言って笑った。もう彼女と両親の話は聞けないんだろうな。俺には関係ないもんな。そう思ってはみたけど、俺の頭は、彼女の全てを知りたくて、知りたくて、「忘れて」と言われた夜から何百重にもかけて来たタガが一つずつ壊れるように外れてくのを感じてた。

俺は、彼女の少し後ろを彼女に尾《つ》いて、ゆっくり歩いた。彼女は、行き交う人の服や靴や髪等を見ながら歩いていた。彼女の着てる白いシャツの背中は、時折吹く夜の風で、帆のように膨らんだ。そしてその風は彼女の匂いを運んだ。それは俺に、あの夜見た、彼女の細い身体の線を思い出させて、その想像を消し取ることがなかなか出来ずに困った。彼女は、本当にうまく忘れたんだろうか？

外国人の広げるシルバーや革やビーズのアクセサリーの露店で、彼女は立ち止まった。指輪やネックレスを手に取っている若い連中の中に加わって、店の兄さんのポルトガル語日本語リミックスを聞いている。彼は俺に向かって、カレシ、カノジョニカッテアゲテヨ、と言った。俺は、日本語うまいじゃんと返し、彼女は、彼氏じゃないよ、と言った。

「ジャア、ゴシュジン？」

「ほんとはベラベラ喋れんだろ？」

「マサカネ！　カッテクダサイ！」

彼女は笑って、じゃあこれ、と言って、小さな銀のイヤリングを買った。俺が金を払おうとすると、彼女は優しく断った。そりゃそうだよな、と思ったけど、何となく寂しかった。彼女はすぐにイヤリングを付けて、見せた。

「似合ってるよ」

俺がそう言うと、彼女はおどけた表情をしたが、

「ちょっと重い……これ鉛とか鉄にメッキしてるんだ、きっと」

と言って、すぐに外してしまった。まだ、露店からは五十メートルも離れていなかった。

「替えてもらえば？　指輪とかに」

「いいの」

彼女は、俺にイヤリングを差し出した。

「え？」

「あげる、誰かにあげて下さい、私、持ってても一生使わないもん」

「何で、今買ったばっかしじゃん」

「いいから、もらって下さい、今、私、バッグも、ポケットもほら、一コしかなくてお財布しか入らないし」

「じゃあ、スタジオまで預かっとくよ」

彼女は首を横に振って言った。

「あげる」

俺は両手でイヤリングを受けた。彼女の言う通り、小さなフォルムに反してずしりと重く、これを耳朶《みみたぶ》に下げるのはつらいなと思えた。左手に全て受けて、俺はズボンのポケットにそれをしまった。最近の俺は、全ての些細な事柄までも、彼女と俺の間柄を象徴しているように思えていた。今の、小さいのに重い似せ銀のイヤリングも、結び着けて考えている。

「まだまだ時間ありますけど、どうします？　戻ります？　それとも……」

彼女は少し考えて続けた。

「映画館でも入ります？　少しは眠れるかも」

「俺、眠くないよ」

俺の左手はポケットの中でイヤリングを触り続けた。

「じゃあ…どうしましょうか？　私、マネージャーさんに頼まれてるから責任あるし……」

「…歩かねぇか？」

彼女は、まぁいいでしょうといった感じに頷いた。俺達は、ぶらぶらと、灯りの消えたショーウィンドーの前を歩いたり、抜群の集客率を誇っていた閉店後のＣＤ屋前でプレイしていたブラスバンドを楽しんだり（一応、五百円玉を缶に入れた）、全員SMAPの草彅君みたいにシレッとして気負ったとこないのにめちゃくちゃダンスのうまい四人組を見たりして、終電後の街を、一駅分ぐらいの範囲を広く歩き回った。何か腹も減って来て、俺はモーレツにラーメンが食いたくなった。

「ありますよ、この辺で屋台引いてる」

彼女の案内で更に歩き、駅の反対側に抜けてその屋台を見つけ、俺達はラーメンを食った。屋台の外にバーベキューの時に使うような簡易テーブルと椅子があり、俺と彼女はそこに座った。足元に蚊取り線香が置かれ、何か遠い昔の、夏休みの匂いだな、と俺は少し郷愁めいたものを覚えた。ラーメンは特別うまいわけではなかったが、豚の背油がぷちぷちと口の中で溶け、まぁ合格点だった。

「あ」

髪がスープに浸からないように押さえようとした彼女が言った。

「何？」

彼女は自分の髪の毛を一本抜いて、

「見て、白髪」

と、テーブルの上に張って見せた。黒く塗装されたテーブルの上で、それは確かに白く見えた。

「初めて見つけた…何か…初の外見的な老化って感じ、ちょっとショックだな」

「何だよ、一本ぐらい」

「だって、こんなに長くなってるってことは、一年ぐらい前には生えてたってことでしょ、あー、私もトシなんだ」

「小学校ぐらいの時、白髪何本か生えてる奴いなかった？」

「いたいた」

「で、白髪生えてる奴は頭いいとか言わなかった？」

「言った、ほんとに頭良かったしね」

「だからいいじゃん」

「私、三十一ですよ」

「でした」

店の主人が水を持って来てくれた。彼女は白髪を路上に捨てた。

「髪の毛ってね」

彼女は水を飲んで言った。

「女性ホルモンが関係してるんだって」

「ふぅん」

「眉毛とか他の毛は男性ホルモンなんだって」

「ふぅん」

「白髪生えて来たってことは、もうおばあちゃんになって来てんだ」

「そんなことないだろ」

「なのに子供産めって、酷ですよね」

「え……」

「昨日、電話かかって来て、もうすぐツアー終わるから、そしたら子供産んでくれって」

俺は、割り箸でどんぶりの底をすくうふりで俯いた。

「……うん」

「一緒に育てるから、心配するなって」

「…安心じゃねぇか」

「……怖いんですよ」

「初めてのことは怖いの当たり前だろ」

「私、今の自分が好きなんです、でも子供が出来たら私は変わってしまう」

「そんなの分かんねぇだろ」

「分かるから怖いんです」

「でも変わるってことも大切だろ?」

「もう脚本書けなくなるかもしれない」

「何でそう決めつけんの?」

「自分の性格です」

「それこそ変化するもんだろ?」

「私の性格は変わらないんです、へんこ者だから」

「だんなだって…変わるだろ、きっと」

「多分、私達、一緒に変化して行けないいんじゃないかと思うんです」

「どういう意味?」

「うーん…愛情って変わって行くと思うんですけど、その質の変化がお互い同じ加速度でないと、どっちかが取り残されたりするから、その愛情は混じり合ってないと思うんですよ」

「何で？」

「何でって言われても」

「じゃなくて、何でそんな難しく考えんの？」

俺と彼女は見つめ合った。

「難しく考えんなよ、まず、好きなんだろ？　お互い、相手のこと大事に思ってて、それで結婚して、愛し合って、子供が出来たら、産んで欲しいって言うよ、俺が…」

〝だんなでも〟と言いかけたが、やめた。

「お互いを好きなまま、子供を育てて、ジイサンバアサンになってもそれは」

「変わらないって言うんでしょ、じゃあ変化してないってことでしょ？」

「変化っていうか変質してくんだよ、だけどいちいち頭じゃ考えてないぜ」

「分かんないよ」

「俺も分かんねぇよ」

「だけど、怖いってことは分かってる」

俺は箸を置いて、水を飲んだ。

「あのさ」

彼女は俺を見ていた。

「子供を産む、って行為が怖いの？　だったら俺の知ってる出産経験者何人かに話聞いてみるか？」

「いいです」

「育てんのだって話聞いてみたら」

「いいの」

俺は、何か彼女の消極的な態度に少し苛付いた。

「だったらぐだぐだ言うなよ」

俺達は、ほぼ同時に視線を逸らした。こんなつもりじゃなかったのにな。何で、言い争いみたいになっちゃったんだ？　俺は、自分で自分の頭をはたいてツッコミを入れたいぐらいだった。ほんの三十秒ぐらいだけど、嫌な沈黙が漂った。

「…そろそろ」

と彼女が言った。

「時間ですから戻りましょうか」

「そうだな」

テーブルの隙間から出ようとして、俺は、わざと椅子につんのめって大袈裟にこけた。オヤジさんはじめ、客全員が俺を見た。彼女は、一瞬驚いた後、大笑いしつつも、俺を引き起こして助けた。

「大丈夫？　私に偉そうに言うからバチ当たってんや」

めちゃくちゃカッコ悪かったけど、彼女との空気は明るく修復されてしまった。仕事以外で演技したのは、初めてだったけど、思いの外、結果が良かったので、俺は嬉しくなった。

「カッコわるー！」

「うるせ！」

ついさっきまで、あんなに悩んでたことなんか、なかったみたいに、俺達は喋れた。そうだ、俺は彼女のだんなじゃないんだ。彼女を落ち込ませることを言うだんなの存在を、俺といる間ぐらい、忘れさせてあげられたら、いいじゃねぇか。思うだけなら、いいだろ、と俺は自分を納得させた。せめて心の中で自由に思うだけなら、許してもらえるだろう。

「さっきと別の近道で帰りましょうか」

彼女の提案で、俺達は屋台を出て、客待ちのタクシーだまりを抜けて、一駅歩くことにした。仲の良い異性の同級生、みたいに、俺らは他愛ないことを喋りながら、まだ明けない街を歩いた。五十音順に、映画俳優の名前を言い合ったり、ラーメンで有名な町の名前を言い合ったり。そうこうするうちに、俺らはホテル街に出てしまった。建物の下の方は暗く、てっぺんはケバいネオンで明るい。俺も彼女も、和田浩二、とワイダ（アンジェイ・ワイダ監督だな）で映画しりとり（厳密にはしりとりじゃねぇんだけど）を終えてしまい、何か話すこともなく黙って歩いた。でも、俺と彼女はお互いがどんなに気が合い、惹かれ合っているのか分かり切っていた。俺が手を伸ばして彼女を引き寄せれば、彼女も俺に応えてくれるのが分かっていた。そうしたかった。だけど、俺達はそうしなかった。きっかけもなく、ただ黙って、一人ずつ、ゆっくりと歩いていた。高架を抜ける細道に差しかかった時、俺はカッコ悪く、今度はマジでつまずいた。彼女は咄嗟に俺の肘を引き寄せた。

「大丈夫？」

「おう、うん」

体勢を立て直して歩き出す寸前、俺らの目が合った。そして俺は彼女を抱き寄せ、彼女は俺の首筋に手を回し、俺達はキスをした。

……口づけをした。否、そんなもんじゃない、もっと激しく激しく、お互いの心も、身体も全部、呑み込むみたいに唇を動かした。俺達は、こんなにもお互いを欲してて、誰よりも求め合っている。このまま、ずっと一緒にいられたら。そしたら俺も言うんだろうか、子供生んでくれって。

通り過ぎたタクシーのライトで、俺達は離れた。まだ、お互いに触れていた手は、俺の首筋から先に離れて、身体の脇に落ちた。

明けない朝の暗さの中、俺達は目を合わせず口もきかず、けど、手を繋いで、駅まで歩いた。理性だったのか、勇気がなかったのか分からない。俺は、彼女のだんなにどうされようと構わなかったが、彼女がツラくなるのは俺をダメにしそうだった。愛してるから、だと思った。

駅に着く頃、紫色の太陽が少し夜明けの気配を漂わせて来た。彼女の指は、そっと力を失くし、俺の手から離れて行った。

俺達は、ホームのベンチ…というか、今は個イス状態のそれに、はす交《か》いに背中を向けて腰掛けた。缶コーヒーを手に持って、始発を待った。喋らずに、黙っていたかったが、このまま時間が流れてしまえば、俺と彼女は、完全に、終わってしまうだけだった。だけど、初めての恋みたいに、パターンが分からず、慌てて、焦ってて、タイムリミットもあって、しどろもどろだった。

「……ねぇ」

そんな俺の気持ちを察してか、彼女が声を掛けて来た。

「うん？」

「今頃…ラストシーン撮ってるかな？　いい夜明けだったじゃない、ドーンパープルっていうの？　紫に煙ってるっていうか」

「あぁ…だな、多分」

〝ラストシーン〟……か。

「…そしたら、打ち上げしておしまい、か」

「……そうだな」

「……そうなの？」

俺は答えなかった。

「……そうなんだ」

小さく彼女が言った。俺は缶コーヒーを飲むフリをして、黙っていた。

「…次、どんな仕事するの？…Vシネマ系？」

「…分かんねぇな…友達の舞台出るかも分かんねぇし、ミニシアター系の、インディーズ映画出るかも分かんねぇし……」

「楽しみね」

彼女は、小さいスマイルを俺に向けた。

「見てますね」

俺の胸は、急に痛んだ。〝切ない〟ってこんな気持ちなんだな、と初めて気付いた。彼女をどうにかしようってことじゃない。つまり、〝寝る〟とか、そういうことじゃなく、ただ、俺のそばにいて、色んな話をして、顔を見て声を聞けて、黙っててもいい、一番近くにいて欲しいだけ……。何でダメなんだ、彼女にだんながいるのが何だっていうんだ？　そんな風に開き直って尋けたら、どんなに楽になるだろう。彼女は決めかねてる。だって、だんなのことも大切に思ってるから。そして俺のことも。

「私、ほんとはね、ラストシーン、こうしようと思ってたの」

「…え？」

「聞いてくれる？」

「もちろん」

「主人公は結局、元・彼女を利用しようとしてたけど、現・亭主の異常な愛情に苦しむ羽目になった元・彼女をまた愛してしまうのね、でも、それは現・亭主がいなきゃ成立しない歪んだ愛情なの、それを彼女自身も分かってて、最後、一緒に逃げようと言う主人公について行くふりをして結局、お金も責任も全部自分が取って逃げ続ける、っていうの」

「ちょっとありきたりだな」

「でしょ、だから監督の意向で夜明けのカーチェイスになったの」

「それもまぁ、ありきたりだけど」

彼女は笑った。

「ラストシーンってほんと、困る」

「考え過ぎて？」

「うん、悩みまくる、色々、考えに考えて、ありきたりって言われないように工夫して」

「で結局、地味ーなのになったりして」

「そう、フツーのね…でもほんとはそうじゃない？　ハッピーエンドはフツーの延長線上だし、別れたり、そーいうのはすっごい修羅場か、シンプルに〝さよなら〟って言うか

「……」

「……さよなら、ね」

「……これもその一つかな、なんてね」

彼女はまた笑った。俺も少し応えて笑った。始発が来るのか、警報が鳴った。シャッターの開く音も聞こえた。もうすぐ売店も開くだろう。

「ねぇ、もう一回、映画しりとりしよう?」

彼女が誘った。

「ア…アンジェイ・ワイダ」

「何だよ、ワじゃねぇか、それ」

「いいから」

「嵐寛十郎」

「相変わらず古いなぁ」

「るさいよ、早く次」

「イーサン・ホーク」

「それもホじゃねぇのか」

「いいから」

「石原裕次郎」

「ウーピー・ゴールドバーグ」

「エノケン」

「エリザベス・テーラー」

「日本人に絞らねぇか？」

「じゃあ江波杏子」

「小津安二郎」

「あ、ウ、言った？」

「言ったよ、ウーピー」

「それ、あたし」

「え、俺?…じゃあウディ・アレン」

「日本人じゃないの？」

「いいから、オ」

「岡田茉莉子」

「加山雄三」

「カ…えー」

「5、4、3、2、い」

「カー?」

「誰だ?　それ」

「デボラ・カー」

「だめー、それデだろ、おまけに外人」

　彼女は降参した。

「香川京子とか金城武とかいるじゃん」

「思い浮かばなかった…あ、来た、電車」

　俺達はどこかの車庫から出て間もない電車に乗り込んだ。車輌には俺達二人だけで、貸し切り状態だった。

「もう一回しよ、五十音順に、今度は題名で一コずつ、勝負」

「いいよ、どうせまた俺の勝ちだけど」

「いいから、どうぞ」

「ア…嵐を呼ぶ男」

「イ…イレイザーヘッド」

「麗しのサブリナ」

「古い」

「エだろ」

「エドワードⅡ世《セカンド》」

「誰の？」

「デレク・ジャーマンの」

「へぇ…オか、おかえり」

「カか…」

「またアウト？」

「カー…リブの熱い夜！」

「またB級な」

「いいからキ」

「キリングフィールド」

「クリスマスキャロル」

「ケープフィアー」

「コ…？　コー？」

「コ」

「コー…リングユー」

「それは歌」

電車は動き出した。はずみで揺れた彼女が支えようとしてシートに置いた手は、俺の手に触れた。ドキとした。

「…コ……子供」

「……え？」

彼女は俺に触れたままでいた。

「……子供……産まないね」

「そ…んなタイトルあったっけ…？」

「…それで、あと十年ぐらいして、あなたがまだ私のこと好きでいてくれて、私が一人でいて、二人とも生きていて、地球のどこかでまた会えたら……」

……ラストシーンだ……。

「どうにかなるといいね」

見ると彼女は涙をこぼしていた。俺も胸が痛み、彼女の手を握った。だんだん車窓の景色がぼやけて来た。

「私がずるくてごめんね…でも、今は彼と別々にはなれないんです……」

ボロボロ泣いていた。彼女も俺も。だけど、声はしっかりしていて、俺達は〝最後の場面〟を感じていた。

「コマーシャルとか、映画とか、見ていますね、私のニコの目も、あなたのファンの目の中にあること、覚えていて下さい……」

彼女の口調が、だんだん〝ですます調〟に戻って行って、俺との距離を置き始めていることが分かった。間違っていると分かっていても、人ってのは正しくばかりは生きてけないもんだな、と思った。明らかに、彼女と俺、だ。彼女のだんなじゃない。けど、だからハイ、って風には出来ないのだ。優しいフリしてるとか、そういうことじゃなくても、誰かを傷付けてまで、自分が幸せになれるならそれでいいっていうようなふるまいが出来ないだけだ。まだるっこしいし、偽善めいて見えるかもしれないけど、誰かに付ける傷への凶器を心の中に持つことが恐いんだ。勇気がないとも言えるし、思いやりがあるとも言える。否、本当は、お互いどちらが踏み込んで来るか待ってたんだ。先動した方が責任を取る率が高いことを、潜在的に心の底でずるくも思っていたんだ。

一駅の距離はとても短く、俺達二人きりの時間はエンディングへと差しかかっていた。終わってしまうというのに、俺達は、自分が取らなければならない責任を恐れていた。だけど、本当にそれでいいのか？

ホームにゆっくりと、電車が止まり、ドアが開いた時、俺は彼女にキスしようとした。殆ど、衝動的だった。が、彼女は、自分の掌で、俺の唇を遮った。

「さよならのキス、するつもり……？」

俺は彼女の指にキスをした。

「それで、終わらせる？　ラストシーン……」

言い終わらぬうちに、俺は彼女の唇を呑み込んでいた。もしかして、誰かに見られていたかもしれない。だけどそんなこと、どうでもよかった。俺は彼女を好きだ。ずっとそばにいて欲しい。じいさんになっても、俺の隣りにいて欲しい。だから待ってるよ。なんてね。けど、俺は待てる気がした。十年経ってじじぃになって、まだ役者やってて、地球のどこかで、また彼女と巡り合う。いいじゃねぇか。すっかりオバチャンになった彼女の面倒見てやるのは、この俺しかいない。二十年だって三十年だっていい。俺、元気でいられるかな。

息が苦しくなったのか、彼女が俺の胸を押した。

「……ごめん」

彼女は首を横に振った。

「……私が応えたの、分かってるくせに、ごめんなんて言うんだ」

「あ、けど、今、押し戻したじゃねぇか」

彼女は答えず、車外へ出た。俺も続いて降りると、野菜の行商のおばちゃん達が少しばかり乗り込んで行った。

「なぁ、おい?」

「急がなきゃ、ラストシーンには立ち会いたいの、私のシナリオだから」

彼女は、慣れた様子で、階段を駆け降り、スクランブル交差を信号無視して渡った。だらだら続く登り坂を、またホテル街を抜けて（彼女が言うには近道らしい）進むと、撮影スタジオがあった。外で、まだロケっていて、俺達はそっと近付いた。カーチェイス後のシリアスなシーンで、主人公の男と元・彼女が抱き合って、朝日を見ている、というものだった。〝カーット!〟の声で緊張は緩み、スタッフの〝お疲れ様でした〟の連呼が聞こえた。目ざとく俺達を見つけた若いスタッフが花束を持って来た。

「お、サンキュ」

俺と彼女は花束を持たされ、どんどん離れて行った。俺は彼女を目で追うことも出来ず、そのうち、どこにいるのかさえ分からなくなった。だけど、もう捜さないことにした。振り向かず、時間の流れて行くのに乗って行こうと思った。海に向かう河が人生だとしたら、俺達はみんな海へ向かっている。もちろん彼女も。だったらいつか会える。漂っていれば、会う運命なら、必ず。目線を上げると、スタジオの内へ彼女が入って行くところだった。目が合った。彼女は、少しスマイルをくれた。俺は安心した。

もう大丈夫だよ。

そばにいて欲しい気持ちには変わりない。けど、俺達はすぐには一つの道を歩いては行けない。爆弾を抱えて、会い続ける気になれなかっただけ。別々の道を、同じ所に向かって流れて行くだけ。気持ちは変わらない。何にもなくても。どこにいても。そう信じてみようと思う。それは、俺が、恋をしたから。

まさか、この年で、恋をするなんて思ってなかった。〝かけひき〟とか〝ベッドを共にする〟とかいう、いわゆる大人の恋愛じゃない。触れるのも、手を繋ぐのも怖い、キスをするのも勢いやきっかけがなければ出来ずにもがいて、だけど近くにいたい、そんな〝恋〟。

俺は、恋を、したんだ。

雪女

集中力の糸が切れて、私はデスクを離れた。窓のそばへ寄ると少し外の冷気が感じられた。カーテンを少し捲って驚いた。青白い街灯に照らされて、通りは銀世界。朝、自宅を出る時に降っていた雨は、この地では雪となって降り続いていたのだ。

〝道理で静かだと思った〟

私は生活を二つに分けていた。十五年近く前、当時の女房と別れてから、私は雑誌や新聞にレギュラーで自分のコラムを持つようになり、一年か二年に一回ぐらいのペースでエッセイを刊行していた。好きで始めた仕事だが、最近じゃ少し、惰性で続けているのは否めなかった。

仕事柄、自宅で全て出来るのだが、さすがに、元・女房と別れた時は、彼女と暮らした空間に埋没して仕事をするのには耐えられなかった。普通なら引っ越しを考える所だが、私は若い独身時代からの自宅であるマンションに住んでいて、地の利や住み心地などあらゆる点で自宅を気に入っていて引っ越す気にはなれなかった。そこで仕事場を持つことにしたのだ。それも、〝通勤〟に一時間以上かかる京都市内にだ。京都市は私の通った大学があるので、それなりに馴染みがあって仕事場を構える気になった。否、どこかで元・女房という存在を越境したかったのかもしれない。おかしなもので、今やファックスやインターネットまであるのに、私は仕事場を引き払うなどとは考えられなかった。

　それに、大学を卒業してすぐに就職した会社を一年で辞めてフリーで今の仕事を始めた時、他にも理由はあったけれど、まず最初に〝明日から、あの、朝のラッシュアワーの電車に乗らずに済むんだな〟とホッとしたクセに、また何を好き好んで通勤電車に乗るような真似を続けているのか、未だに分からない。分からないが続けていると、それもまた、何かを越境していくような気持ちになれることだけは分かった。編集者との意見の食い違いなどの仕事上のトラブルがあった時や、その他嫌なことがあったり、簡単なことなら、飲み過ぎた次の朝、など、自宅で仕事を続けていたらうまく気持ちが切り換えられないようなことも、〝仕事に行く〟ということによって否が応にも切り換えられる。電車に乗って、窓の外の景色が変わるのを眺めているうちに、自分の意識も変わって行く気がするのだ。現実的には何も変わってはいないのだが、別の空間へ行くということは、一時的な記憶の保留だと思う。忘れるわけではないが、意識していたことを保存しておく、とでも言おうか。

　通勤の車中、私は考え事はしないことにしている。その代わり、本を読んだり、ぼんやり外を眺めたり、そして少し眠ったり。十五年近く通っているので、乗り過ごしてしまったことはない。それと、毎日だいたい同じ時間の電車に乗るので、少しばかり顔見知りが出来て来る。春になると若い顔ぶれが増え、一年を通すと、少しずつ見かけない顔も出る。逆に十数年間で見なくなった顔もある。卒業、転勤、退職エトセトラ。改めて考えたこともなかったが、私も年を取ったわけだ。

車のクラクションを聞いて、ふと、のどの渇きを感じた。私は外に飲み物を買いに出た。雪道となった歩道はシャクッシャクッと一足毎に音を立て、車はノロノロと動いていた。自動販売機まで滑らないように恐る恐る辿り着き缶コーヒーを手に、元来た道を戻り掛けた時、〝キャッ！〟という声が聞こえた。振り向くと、自販機の足元に人がうずくまっていた。

〝女の子か？〟

私は少し背中をかがめてそちらを覗き込んだ。

「った――」

小さな声だが、女性の声だと確認出来た。

「大丈夫ですか？」

私が声を掛けると彼女は顔を上げた。

「立てる？」

彼女は頷きながら、〝ええ、大丈夫です〟と答えて、自販機の端に手を掛けて立ち上がろうとした。さほど大丈夫そうには見えなかったが、明らかに私を警戒していることが分かったので、私は手を貸さずに家に戻ることにした。こっちだって、雪には慣れていない。うっかりすると滑って転びそうだった。ゆっくり二、三歩進むと、また〝キャッ！〟という声が聞こえた。振り向くと、彼女が尻もちをついて倒れ込んでいた。何だか放って置けなくて、私はまた自販機の前に戻った。

「立てますか？」

彼女は私を見た。私は出来るだけ、警戒心を解こうと、彼女の親にでもなったつもりで優しく尋ねた。

「すみません」

彼女は差し出した私の手につかまって立ち上がった。

「大丈夫ですか？」

「ええ……」

そうは言ったものの、彼女の服は雪まみれでビショビショだった。今、転んだだけではなく、降っている間も外にいたような感じだった。

「あ……」

「どうしました？」

彼女は、雪の地面を見回し始めた。

「何か落としたんですか？」

私も同じように辺りを見回しながら尋《き》いた。

「ええ、お財布を…あっ」

一メートルほど離れた所に濃い色の塊りがあった。彼女はそこに歩いて行った。手を伸ばして財布を拾う時、髪を耳にかけた。

〝あ！〟

私は不意に思い出した。彼女は私の通勤仲間の一人だ。間違いない。何回か、隣りに座ったこともある。彼女を覚えているのはそれだけのせいではない。彼女は私のコラムを読んでくれている。たまたま隣りに座った時、私が毎月書いている雑誌を手にしていた。少し嬉しくなり、一体、何を読むのだろう、と彼女には分からないようにチラチラ盗み見ていると、まず、パラパラとページを繰り、私のコラムで手を止めた。

〝読んでるぞ〟

読み終わると彼女は雑誌を閉じた。毎月、そうだった。彼女だ。ここ、二カ月程、顔を見なくなったので、どこかへ移って行ったんだなと思っていた。

「もう大丈夫です」

財布を胸に抱くように持って、彼女は私に向かって言った。

「ありがとうございました」

彼女は深々と頭を下げた。その向こうから車のヘッドライトが近付いて来ていた。

「危ない……!」

私は彼女を引き寄せようとしたが、結果として二人とも雪の上に倒れてしまった。車から若い男が出て来て、〝大丈夫ですか〟と尋いてきた。私が平気だと答えると、車に戻って、またノロノロと動かし始めた。助手席から若い女がペコリと頭を下げてよこした。私もそれにチョコンと頭を下げた。ふと彼女の方を見ると、彼女は何とか立ち上がろうとしていた。彼女の髪は濡れていて幾つかの筋に固まっていた。私は、自販機の横に彼女の鞄があるのに気付いた。

「あの、鞄、忘れてますよ」

彼女は〝すみません〟と言いながら私の方に戻って来た。私も何とか立ち上がった。さっき買ったコーヒーはすっかりぬるくなっていた。買い直そうと自販機のそばまで行くと、彼女が私に言った。

「あのぅ」

「はい？」

「ここからタクシー拾えますか？」

「タクシー……ちょっと無理とちゃうかな、こんな雪やし」

「じゃあ一番近い駅は？」

「えぇと……北大路……いや北山が近いんかな、ほんまは」

「この辺の人じゃないんですか？」

彼女は、少し怪訝な顔をして尋いた。

「仕事場がこっちなんですよ」

私はまた、出来るだけ、胡散臭くならないように努めて答えた。

「あ、あたしと一緒…」

「そうなんですか？」

「ええ…あ、でも、二カ月前に辞めましたから今は違います」

〝辞めたのか〟

「じゃ、どうもありがとうございました」

「あ、はぁ」

彼女は歩き出した。私は買い直した缶コーヒーを手に帰ろうとした。

「キャッ！」

彼女だった。

〝またコケてる〟

私は、彼女を見捨てて帰れなかった。雪の日に、捨てられた仔犬を拾わずに帰れない小学生みたいな気分だった。私は彼女に手を差し延べた。

「もし良かったら家に来ませんか？　あぁ、家と言っても仕事場ですけど」

「え、でも……」

「僕の顔、見覚えないですか？」

「え……？」

私は彼女を引き起こしながら尋ねた。彼女はマジマジと私の顔を見た。

「ごめんなさい、私、ちょっと……」

「朝、電車の中で一緒になったことありますよね?」

彼女はもう一度、私の顔を覗き込んだ。

「あぁ、ほんと、思い出した」

私は、仔犬が人見知りしないように、にっこりと笑って頷いた。

「取り敢えず、寒いし家に行こう」

私は彼女を促した。

「じゃあ、お言葉に甘えて」

雪道を、お互い支え合う為に手を繋いで、シャクッ、シャクッと歩いた。ほんの五分ほどで戻るつもりだった私の身体はすっかり冷え切ってしまった。仕事場のマンション入口に入った瞬間、急な暖かさに私は身震いした。

「すみません、私のせいで、何か雪でグショグショになっちゃって」

「あ、いや」

明るい所で見ると、本当に彼女はビショ濡れだった。ダウンジャケットの表面が水分を含んで変色していたし、髪はペッタリと頭や額に貼り着いていて、毛先に水滴が溜まっていた。

「とにかく入って」

私は仕事場のドアを開けて彼女を通した。〝おじゃまします〟と言って彼女は上がりかまちに立ち止まって靴下を脱いだ。裸足の指先は冷え切っているらしく、その真紅の爪と対照的に青白かった。

「ジャケット貸して」

私は、仔犬を風呂に入れなくてはと思った。全くいやらしい意味などなかった。このまだと風邪を引く。でも、私がそう言えばきっと彼女は拒否し、警戒するだろう。私には全く下心などなく、ない腹を探られるのも嫌だったが、うまい言い方が見つからなかった。

私はTシャツとスウェットスーツを手渡した。

「着替える前に風呂使った方がいいと思うけど……風邪引くで、そのまましてたら」

彼女は黙っていた。

「別に、全然、あの、勘違いせんといてよ、俺、全くそんな気ないから」

やはり彼女は黙っていた。

「あ、風呂、そこやから、まぁ、着替えるだけにしてもそこで着替えて」

彼女は頷いて風呂場に消えた。少しして、バスタブにお湯を張る音が聴こえて来た。私はなぜかホッとした。拾った仔犬が自分を信用してくれたような気持ちだ。私は缶コーヒーを飲んだ。腹の底がジワーッと熱くなった。デスクの上の原稿用紙に目を通した。大人の夜遊びについてのコラムだった。学生の頃は、四条河原町を中心に遊んでいた。休みの日は三宮かミナミに行くこともあったがキタは大人の街だった。一体いつからキタで遊ぶようになったのだろう。そして祇園で。充実していたはずなのに若い頃の記憶は断片的にしかなかった。別れた時の出来事ももう細かい事は思い出せないほど忘れている。

〝彼女の元の苗字、何だっけ？〟

私は呆けたのかと心配になった。否、呆けたと言うより忘れてしまえる自分が怖かった。いらないからとどんどん記憶を捨て去って行く。精神衛生上、それは大切なことなのだろうけれど、私の記憶はどんどん消去作業を行っている。

〝今夜のことも忘れるんだろうな……〟

缶コーヒーを飲み干したがまだ身体が温まり切っていなかったので、私はブランデーを飲むことにした。二つグラスを出して、一つにだけ注いだ。ゴクンと飲むと胃全体が熱くなって血管が拡張し出すのを感じた。何で、連れて来たんだろう？　まだ仕事の途中なのに。でももう今夜は書けそうもなかった。集中力がなくなった。しばらく深夜のテレビを見ていると〝ほんとにありがとうございました〟と言って彼女が入って来た。タオルで髪を拭いている。

「気にせんといて」

こうやって見ると、若く見えるが私が思っていたほど若くはなさそうだ。

「服が乾いたらすぐ行きますから」

「いいよ、どうせ帰られへんし、何やったら泊まってくれてもいいし……。とか言うたら下心ありそうに聞こえるな」

変な間《ま》があった。

「いいですよ」

私は彼女を見た。彼女はジッと私を見つめていた。私には全くそんな気がなかったので、一瞬のち、笑い飛ばした。

「何、冗談言うてんの、俺そんな気ないねんから」

私は笑ったが彼女は笑わなかった。

「私、男の人って誰とでも寝られると思ってた」

彼女はタオルを頭から被った。

「えぇ？　どういう意味？」

　私は彼女にブランデーを勧めながら尋いた。

「ありがとうございます…意味はそのままです、好きじゃなくてもその気になれば誰とでも」

「誰とでも…ってことはないやろ、たぶん……」

「やっぱりそうなんですか」

「いや、分からんけど、俺に限ったら、誰とでもってことはない」

「〝その気になれば〟、出来ます？」

「そりゃまぁ」

「でも〝誰とでもその気になれるわけじゃ、ない〟？」

　私は曖昧に返事をした。自分で認識できるほど、私は女性に対して節操がない。もしかしたら〝誰とでも寝る男〟かもしれない。酔って、翌朝、見知らぬ女の部屋で目覚めたこともあるし、誰かの彼女と二人で旅行したこともある。

「何のお仕事されてるんですか？」

　急にはっきりした声で彼女が尋いた。私が仕事の説明をすると〝そのコラム読んだことあります〞と明るく言われた。

「あ、じゃあまだ仕事してらしたんじゃないんですか？　すみません、のこのこついて来ちゃって……バカですよねぇ？」

「ほんまに気にせんとって、のど渇いてたし、ちょうど集中力の糸が切れたとこやったから」

「あ、それって〝糸〞じゃなくて、〝神様〞」

「え？」

彼女はブランデーをグビッと飲んだ。のどが鳴って小さく動いた。

「集中力の神様が乗り移って、ペンを走らせてくれるの……自分の頭で考えたことがスラスラペン先から出て来るように神様が見守って下さるの、あたしはそう思う」

〝なるほど神様か〞

「でもあたし、今日はツイてない」

「何で？」

「だって、まず、この大雪でしょ？」

「こんなに降らへんもんなぁ、スキー場ならともかく」

「あー、スキーってされます?」

「若い頃、十年ぐらい前まではね」

彼女は〝ほぅほぅほぅ〟と言いながら頷いた。

「あたし、行ったことないんですよ」

私は〝へぇ〟と言って彼女のグラスにブランデーを足した。

「て言うか、高校の修学旅行と子供の頃、人工スキー場行ったのの二回っきり……別に行きたいとも思えないんですけど話のタネに行くべきだったなーってこの年になって思い始めて」

「この年って、若いでしょ?」

彼女は首を横に振った。

「うわー、回りますねー、お酒」

「ちょっと大丈夫?」

「ええ……二十八なんです、私」

「若いやん、俺なんか四十よ」

彼女は鼻で笑った。別に嫌味に感じなかった。

「もう若くないですよ……」

彼女は急に黙り込んでブランデーを飲み始めた。私は何故か焦って、落ち込もうとする空気を膨らませようと話を変えた。

「あ、ツイてないって、雪の他は、何で？」

「あぁ、今日ね、前の会社の女の子に誘われてコンパしたんです」

「〝コンパ〟」

「そう…で、相手の男の子みんな、あたしより年下で何か急にあたしだけシラケちゃって飲んでばっかりしてたんですよ、で、外に出て、通りの向こう見てたら、あたしがずーっと好きだった男の人がすごく若い女の子と二人で歩いて行くんですよ」

「その人は年上？」

「ええ、三十四、か三十五歳で……女の子は二十二、三ってとこで、あたし何か、バカみたいにその人の名前、叫んじゃって」

「通りの向こうに向かって？」

「そうなの、その人、会社の関連会社の人だから、女の子達全員で追っかけて振り向かせちゃって……バカみたい、何してんのかな」

「そんな好きやったん？」

「すごい好き……何かね、ヒトのものでもずっと好きっていうのはありですよね？」

「まぁなぁ」

「心の中で思ってるのは、ありですよね……結婚してるわけじゃないし…て言うか、私、今まで付き合ったことないんです」

「えっ？」

「バカにします？」

「いや、別に」

「いいんですよ、正直に言ってくれて……中二の時に初めて、小学生の時から好きだった子に告白したらひどいフラれ方して、その子の友達があたしの友達とうまくいっちゃって、で、その別の友達と付き合おうとか言ったけどデートなんかしたことなくていーっつも電話ばっかり、でね、おかしいの、私、その子と喋ることメモして電話かけてたの」

「会話が途切れないように？」

「そう！」

彼女は笑い出した。酔いが回り始めたらしく、少しコントロールが効かなくなり始めていた。

「バッカみたい……そのあと、高一の時にすーごく好きな人出来たけどフラれるの怖くていっつも見てるだけだった、その子モテる子でいつも誰かと付き合ってたし……」

「今も好き？」

彼女はコクンと頷いた。

「今出会ったらどうする？　寝たい？」

「はい」

〝はい〟だって？

「でも彼、ダメですよ」

「何で？」

「信じられます？　私、処女なんですよ」

「えっ？」

これは信じられなかった。どこまで本当か分からないが、これは嘘だろう？

「彼、〝二十歳《はたち》過ぎて処女〟って女はイヤだって十六の時に言ってましたから」

彼女はソファに足を引き上げた。

「何、話してんだろ私」

〝ツイてない事だろう？〟と私が言うと彼女は〝そうだ〟とため息まじりに言った。

「それでコンパ盛り上がんなくて、帰ろうと思ったけど、何かつまんなくて一人で歩いてたのに、だーれも声かけてくれなくて悲しくなってブラブラ雪ん中歩いてたら迷っちゃって寒くなって自販機探しててそれで……」

彼女は大きく息をついた。

「大丈夫？　お酒弱い方？」

「分かんない…でも強い人なんている？　酔わない人なんかいないよ、あなただって陽気になったりするでしょ？」

彼女はグラスをテーブルに置こうと手を伸ばした。

「あっ」

体勢を崩して、彼女の額がテーブルに直撃した。

「ったー！」

慌てて近寄ると、少し血が出ていた。

「ちょっと飲み過ぎたな、ベッド使ってええで、俺、朝まで仕事するし」

私はばんそうこうを彼女のおでこに貼った。その時、彼女が何か呟いた。

「え？　何か言うた？」

「〝カミサマセカイトメテ〟」

「え、何それ」

彼女はそれには答えず、私を引き寄せて、抱きついて来た。スケベな下心も何も持ってなかったのに、一瞬にして私は彼女と唇を重ねていた。言葉もなく、唇でお互いを吸い込む度に、相手のことを分かって行く気になれた。こんな気持ちは初めてだった。私だけかもしれないが、人間は何か行動する時には何らかの理由が欲しい生き物だと思う。それが本能に近い行為でも〝好き〟だからそばにいたいとか〝おいしい〟から食べたいとか何か理由をくっつける。直感や直情で動いているように見えて後で考えれば何か訳が見つかるものだ。でも今、私は何の言い訳も思い付かないと分かっている気がしていた。名前も知らない彼女。脳と触覚と、そのすべすべした皮膚によって引き起こされる原始的な感覚とが私の中で波になった。高く低く、そして激しく穏やかに。

私は再び、窓のそばに立って外を眺めた。雪は少しずつ溶け出しているように見えた。まだ暗くて、街灯だけが薄明るく灯っていた。ラジオを点けると、往年の人気女性歌手をフィーチュアしたゲイのユニットが八〇年代にヒットさせた曲がかかっていた。サビの部分に入った時、今夜二度目のシャワーを浴びた彼女が戻って来た。私は彼女と目が合った途端、顔が熱くなるのを感じた。赤面を隠す為にカーテンを閉めるふりをした。羞恥心など疾《と》うの昔に失くしていると思っていたのに。

「あのぅ……」

「ん?」

彼女は恥ずかしそうにチョコンと頭を下げた。

「え……」

「ありがとう」

彼女も頬を赤くして俯いた。

「いや、お礼言われても……」

「いいんです、ほんとに私のせいですし…でも、何か、もう、血とか出ないんだなぁって、あ、きっとトシのせいですかね――?」

彼女は自嘲気味に言って明るく笑った。

「ねぇ、ほんとに誰とも付き合ったことないの? 正直言ってちょっと信じられへんな、そんな、ブスってわけでもないし、あ、ごめん」

「いいえ、いいんですよ、男の子から可愛いって言われたことありませんから」

「そういう意味じゃなくて、すごい面喰いやなかったら、一回も付き合ったことないなんてないやろと思って」

「あたし」

やけにはっきりと彼女は言った。

「〝おかんごころ〟がないんです」

「〝おかんごころ〟？」

彼女は頷いた。

「どこの家でもお母さんって口うるさいじゃないですか、〝早く寝なさい〟とか〝早《は》よせな学校遅れる〟とか〝野菜食べなさい〟とか……。私、そういうの言われると烈火の如く怒り狂ってたから親に何も言わせなかったんです、それに言われるのも嫌だったけど言うのはもっと嫌……って言うかそういうモードが私にはないんです、例えば…布団から腕がペロンて出てる子がいても暑いから温度調節してんだなって解釈して放置しちゃうんです」

「えぇんちゃうの？」

「ダメらしいんです、おかんごころって、うるさいけど実はすごく相手のこと思いやってるから生まれるんですよ、でもあたしにはそれがないから……相手を尊重してるようで実は責任逃れしてるって」

「誰かに言われたん？」

「〃おかん〃です」

彼女は〃お水頂きます〃と言ってグラスに水をついだ。

「だから男が出来ないって」

「キツいおかんやなぁ」

「勝手に会社辞めたからモメちゃってて……でも私、迷惑はかけてないんですよ」

彼女は私をグッと食い入るように見つめて言った。

「あなたに言ってもしようがないんですけど」

そして髪をクルクルと小さく丸めてまとめ、乾かしていたジーンズやジャケットに触った。

「乾いたみたい……私、帰ります」

「え、でもまだ電車もないよ……」

「いいんです、ホームには入れると思うし」

彼女は着て来たものを手にして〝お風呂場借ります〟と言ってそちらに消えた。私はこのまま一人で朝を迎えたくなかった。誰か、喋ってくれる人にいて欲しかった。私は何とか彼女を引き止めようと口実を思い巡らせた。素直に〝一人でいたくないから〟と言えなかった。

〝朝まででいいから、一人にしないで欲しい〟

「あ、ねぇ?」

既に身体を見た後だったが、扉を開けることはためらわれたので、私はバスルームの前で声を掛けた。

「はい?」

中から彼女が返事をした。

「もう少し、いた方がよくない? 駅のシャッター下りてるかもしれないし……」

「え、でも……」

「俺はいいんだよ、全然」

彼女は黙った。私は焦った。

〝一人になりたくない〟という衝動が胸の奥からわき上がった。

「でも、帰ります」

彼女が出て来た。

「このまま世界なんか止められないし」

彼女は丁寧に礼を言って帰って行った。私には引き止められなかった。

私は無性に淋しくなって、彼女の体温のぬくもりを思い出してみた。彼女の肌は柔かかった。ただ柔かいのではなく、薄いうぶ毛の生えたピーチスキンの皮膚は、猫のようにグニャグニャとつかみどころがなくて、それでいてきめ細かくすべすべしていて、触れると温かくなっていった。彼女は何回か歌うように〝カミサマセカイトメテコノママキスサセテ〟と呟いた。何かの歌なんだろうけど、最近の歌はとんと分からない。物凄い寂しさが襲って来た。彼女のことを分かりたいと思ったのに、私には何も求められていなかった。二カ月前まで〝顔を見たことがある〟程度だった同士がシンクロすることが出来たというのに。これから何かが始まるかもしれなかったのに。裸の体温を知っているのに、全てはブロックされてしまった。あるいは最初から閉ざされた心のまま、ジャンプしてしまったのかもしれない。

私は窓を開けて、通りに彼女の姿を捜した。少し明るくなって来て、青く光る雪がまだ残っていたが彼女はいなかった。どこにも。消えていた。

次の冬に、京都に雪が降った夜、私は祇園のバーで、若い奴らと飲んでいた。その時、ふと思い出した。

「なぁ、この歌知ってる？　〃カミサマセカイトメテ〃っていうのん」

若いスタッフが言った。

「あぁ、ザ・コレクターズの曲ですよ、『世界を止めて』っていうんです」

そしてラジオにリクエストしようと奴らが盛り上がってファックスを送り、初めてその曲を聴いた。

〃世界なんか止められないし〃

彼女はそう言った。止められやしないけど、止めてとお願いする。誰も一日が進むのを止められないけれど、私はこの曲を聴く度に、そして街に雪が降るのを見る度に彼女を思い出すだろう。思い出は、長さではなく、濃ゆさによって、記憶に残る。朽ちるのではなく積もったまま埋もれてゆく記憶。忘れるのではなく、意識の下に沈殿している。誰と一緒にいても、彼女を消すことは出来ない。私の記憶が〝いらない〟と認めるまで。心の中で、ずっと。

著者プロフィール

庄たろう（しょうたろう）

1967年兵庫県生まれ。
同志社女子大学短期大学部日本語日本文学科卒。
家業手伝い、派遣社員、事務等を経て、
現在は物販のアルバイトに励む毎日。
大好きなものは音楽、コスメ、犬。
現在ハマっているのは、
簡単に増えて楽しいオリヅルランの栽培。
カワいいです。

ラストシーンの後

2001年10月15日　　初版第1刷発行

著　者　　庄たろう
発行者　　瓜谷綱延
発行所　　株式会社文芸社
〒112-0004　東京都文京区後楽2−23−12
電話　03-3814-1177（代表）
　　　03-3814-2455（営業）
振替　00190-8-728265

印刷所　　株式会社エーヴィスシステムズ

乱丁・落丁本はお取り替えします。
ISBN4-8355-2613-9 C0093